Travesías

Proyecto editorial: Pablo Escalante y Daniel Goldin
Consejo asesor: Pablo Escalante, Carlos Martínez Marín,
Pilar Gonzalbo, Carmen Yuste, Solange Alberro
Coordinador: Daniel Goldin
Diseño: Adriana Esteve
Cuidado editorial: Ernestina Loyo
La propuesta temática original fue elaborada
por Pablo Escalante

Son
del África

Sergio Bizzio

Ilustraciones de Andrés Sánchez de Tagle

Apéndice de Celma Agüero Dona

México

Primera edición, 1993
Segunda edición, 1999
Segunda reimpresión, 2002

D.R. © 1993, Fondo de Cultura Económica, S.A. de C.V.
D.R. © 1999, Fondo de Cultura Económica
Carretera Picacho-Ajusco 227; 14200, México, D.F.
www.fce.com.mx

ISBN 968-16-6061-7 (Segunda edición)
ISBN 968-16-4043-8 (Primera edición)

Impreso en México

Capítulo I

La nave que esa mañana ancló frente a las costas del Congo era poco menos que una republiqueta: tenía dos capitanes, dos tripulaciones y dos nombres. En la selva, a dos horas de marcha desde la costa, nacían en ese momento *ibejís*, hermanos gemelos, y toda la aldea se preparaba para una celebración sobre la base del "doble", del "reflejo" o de la "salvación del alma". El sol y la luna estaban todavía en el cielo, suspendidos como las dos mitades de un mismo fruto.

La nave había sido comprada, incluido el capitán, en Rumania, por un noble húngaro enamorado de la botánica y había zarpado en dirección a Portugal con la mitad de los hombres necesarios para una travesía cuya meta era la vegetación del Nuevo Mundo. En Portugal, según orden del húngaro noble, completaron la tripulación acaso para humillar en la persona del capitán a toda Rumania por su salida al mar, ventaja de la que siempre ha carecido Hungría.

El húngaro tuvo su primera sorpresa al enterarse, ya en aguas del Mediterráneo, de que la mayor parte de los hombres de a bordo hablaba holandés. La segunda sorpresa fue un motín. Cuando estalló, la nave se había internado unas pocas millas en el océano Atlántico; todavía alcanzaba a divisarse, brumoso, el perfil azul del continente. Cincuenta portugueses y cincuenta holandeses, al cabo de unos cuantos murmullos monolingües universales acerca del beneficio que a muchos de sus respectivos compatriotas reportaba el tráfico de esclavos, se alzaron contra el noble húngaro enamorado de la botánica y contra el capitán rumano. Éstos, mientras la nave giraba a estribor, lanzaron una descarga de órdenes y de insultos y, ya arrojados a un mar aún en calma, una andanada de súplicas, sus cabecitas aterradas flotando más lejos cada vez.

El portugués Souza y el holandés Van Van, líderes del motín, uno a popa y otro a proa con sus hombres armados hasta los dientes, comprendieron, luego de medirse largo rato con fiereza, que un enfrentamiento de los bandos por la posesión de la nave no dejaría a bordo un solo hombre con vida. Por otra parte sabían que, si mantenían la cordura, podían ser ricos. Se necesitaban. Bajaron la guardia y se reunieron a discutir las posibilidades de tal empresa.

Todos, en uno y otro bando, olvidaron pronto que un acuerdo era imposible. En dos años, como nave "privada", habían transportado más de tres mil esclavos desde el África al Brasil.

Durante ese tiempo, la dentadura de oro del capitán Souza no cesó un instante de brillar. En la nave o en cualquiera de los dos mundos se advertía primero ese brillo y después al hombre. El capitán Van Van, para no ser cegado, solía darle la espalda al hablar. Eso lo entendía Souza, pero no dejaba de sonreír sino en presencia de los reyes de las naciones costeras del continente negro, a quienes irritaba sobremanera que un hombre ni blanco ni negro los obligase, por mérito del destello de sus dientes, a llevarse una mano como pantalla sobre los ojos.

Para muchos reyes nativos, abastecer de esclavos a las potencias europeas y a los mercaderes independientes que rehusaban reconocer su monopolio era, a la vez, una profesión y una distracción. El navío se acercaba

a la costa y disparaba sus cañones para llamar la atención; si disponían de arroz, pimienta o esclavos que vender, los reyes enviaban señales de humo, y después embarcaban en una canoa y cruzaban la rompiente de las olas llevando su mercancía.

Eran reyes que habían abandonado su modo tradicional de vida para dedicarse a la venta de esclavos capturados en el interior del continente. Los vendían en lotes que llevaban, a través de las olas rompientes, en canoas de hasta setenta pies de longitud, que requerían veinte remeros y transportaban ochenta esclavos a la vez. Pero no siempre disponían de un buen número de esclavos para la venta, y en tales ocasiones los barcos negreros debían aguardar durante semanas o meses antes de que uno de estos reyezuelos (que rara vez estrechaban la mano de un hombre blanco, y cuando lo hacían su gesto podía considerarse como una muestra inusitada de real condescendencia) retornase del interior del continente con su carga.

En un viaje anterior Souza y Van Van habían tenido toda clase de inconvenientes al norte del Congo. Un barco inglés los había perseguido durante días, alertado por la enseña de la nave: un esqueleto (idea de Souza) y un reloj de arena chorreando sangre (idea de Van Van). Después habían aguardado, en cierto punto de distribución, quince días a un rey que finalmente les trajo nada más que dos esclavos bosquimanos de prominentes nalgas, capaces de almacenar en ellas tanta reserva nutricia como un camello en su joroba, y a un precio demasiado alto en relación con los gastos de la espera: seis cascos repletos de pólvora y diez barras de hierro. No los compraron, para gran disgusto del rey, y pusieron rumbo al Congo.

Raptarían. Ya lo habían hecho alguna vez. Bastaba con internarse en la selva, topar con un poblado y asaltarlo. No debían pagarle nada a nadie. Era como hundir una mano en el agua y tomar un puñado de arena.

Así que, desaliñados, curtidos por el sol, la sal y la sangre, uno tras otro hicieron pie en una pequeña playa curva. A pocos metros, la selva, espesa, cortada a pique, se alzaba como un muro. No había una sola nube en el cielo azul, y tanto el mar como la selva y el cielo parecían uno reflejo del otro. No perdieron tiempo. Los holandeses se internaron en una dirección y los portugueses en otra. Veinte hombres, algunos de ellos atacados por una fiebre repentina que les hacía ver dragones en los pájaros, quedaron al cuidado de la nave.

En el grupo de Van Van, marchando junto a éste, iba un joven morrudo, fibroso, de pelo lacio azabache, largo hasta los hombros: Diedrick. Era hijo de un holandés de apellido Van Weerdem, señor de un ingenio azucarero en Pernambuco, y de una india cayapo que no había sobrevivido al parto. Tenía la piel de un color pálido, casi gris, ojos transparentes como piedras de aguamarina y el rostro surcado por infinidad de venitas oscuras y serpenteantes. Los esclavos, en el ingenio, lo llamaban El Ácido, o El Amargo, en referencia a la savia de un helecho africano cuyas raíces no se hunden en la tierra y que, además de quemar si se lo toca, tiene la cualidad de mudar de sitio, como una araña.

Ahora, por primera vez para Diedrick, la selva se abría a su paso y al del resto de los hombres igual que una aspiración para exhalar en el acto, a sus espaldas, su nervadura inagotable. Algunos rayos de luz sofocada se colaban por entre el follaje. Diedrick, adicto a una mezcla de mandrágora molida y opio que él mismo cultivaba y procesaba y que no tomaba desde hacía ya dos días, creyó alucinar cuando un pájaro del color del oro, del tamaño de una mano y con una extraña forma cúbica, chilló y se lanzó desde lo alto de un árbol en persecución del sonido de su pico.

Los hombres detuvieron la marcha para observar el fenómeno. El pájaro, una y otra vez, se lanzaba tras su

11

chillido como si pudiese verlo, como si se alimentase de él. Pronto un centenar de pájaros de esta especie brotaron de todas partes y empezaron a chillar y a abalanzarse allá y aquí tras su alimento invisible. Diedrick se presionó las sienes y decidió que era la selva la que había enloquecido. Después, de improviso, recomponiéndose, hizo un disparo de fusil: hasta el último pájaro voló tras el exótico silbo de los intrusos blancos.

El capitán Van Van reprendió a Diedrick con un gesto: si había negros cerca, también ellos habrían huido.

Diedrick escupió a un costado y siguió andando.

En la aldea, Ukelé, un hombre de veinticinco años, negro como el ébano, se preparaba para los festejos. Sabía, porque tocaba el tambor y conocía el lenguaje de muchas zonas y muchos tambores, que en algunas tribus era una desgracia para la comunidad el alumbramiento de niños gemelos. Por eso los arrojaban al agua con el primer vagido. Había oído que se llegaba a sacrificar no sólo a los párvulos sino también a la madre. Pero esto no lo horrorizaba: era natural. Que en su pueblo a los mellizos se les considerase de la mejor estirpe no indicaba necesariamente un extremo respecto de otro. Así debía ser, y así era.

El brujo, un anciano con la piel pegada a los huesos, encorvado y con un brillo astuto en los ojos huidizos, había entrado con paso solemne a la choza de los niños. Cuando saliese, si lo hacía asintiendo con la cabeza, darían comienzo los festejos.

En el centro de la aldea había tres tambores. Uno era el de Ukelé. Su hijo, de tres años, jugaba con el tambor mayor. Ukelé lo observaba sonriendo. La mano del niño era tan negra y tan pequeña y los golpes que daba eran tan débiles que parecía la sombra de una hoja posándose una y otra vez sobre la caja o sobre el parche, a los que arrancaba apenas un murmullo.

Cien eran los integrantes de la tribu. Las chozas, construidas con troncos, paja y grandes hojas de banano, se alzaban formando un círculo amplio y casi sin resquicio. Y todos estaban afuera con la vista clavada en la choza de los mellizos. Nadie, desde allí, alcanzaba a ver ni la luna ni el sol, pero aquella había al fin desaparecido, como si el mundo se hubiese inclinado definitivamente en favor de la luz.

El movimiento de los astros, imperceptible y sin consecuencias directas sobre la tierra, hizo, sin embargo, que los hombres, acuclillados, se balancearan suavemente sobre los pies, como si por un instante hubiesen perdido el equilibrio.

De la choza que miraban asomó entonces una mano. La mano hizo un arabesco, y luego, tras sus dedos viejos y huesudos, que no volvieron a cerrarse, salió el brujo.

La aldea entera contuvo el aliento.

El brujo llevaba al cuello un collar con seis colmillos de tigre, muy blancos a la izquierda, amarillos al centro y fatalmente grises a la derecha, y cada punta resplandecía con su propia agudeza. Como el maestro del suspenso que era, el brujo palpó uno por uno los colmillos, demorándose en el tercero para quitar de la uña del meñique un poco de tierra, y al fin asintió.

La algarabía fue general. Los hombres se pusieron de pie en un salto, riendo y cantando; las mujeres sacaron de sus chozas cuencos de arcilla en los que se agitaba, formando graciosas olitas de distintos colores, un líquido dulce y espeso, mientras los niños, libres ya de la espera y la tensión de los mayores, corrían allá y aquí batiendo como alas los brazos extendidos. Los hombres, ayudándose unos a otros y muy especialmente al padre de los mellizos, se pintaron rayas azules en los pómulos y pequeños círculos blancos y amarillos en la frente; una flecha roja acentuaba el hueso de la nariz.

El brujo ordenó traer a los recién nacidos. Éstos fueron colocados en una gran bandeja de madera junto al asiento del rey, quien lo había sido en otro tiempo de una gran tribu y que, luego de la guerra y la malaria, había debido huir desde el interior hasta muy cerca del mar con un puñado de hombres y mujeres. A su lado, ágil y fresca como si los niños hubiesen nacido no de su cuerpo sino del cuerpo del Olorum, "Dueño del cielo", se ubicó la madre, a quien las mujeres rodearon como un enjambre. Al retirarse, las mujeres dejaron decenas de jarros de agua y cuencos repletos de exquisitos manjares. En el extremo opuesto, el padre de los recién nacidos sostenía en alto un muñeco toscamente tallado en madera, pintado de negro y vestido con los pétalos secos de una flor azul. Por último, el brujo ató a los niños con una cuerda, para expresar más gráficamente el carácter de gemelos, y a una indicación del rey dieron comienzo los toques de tambor.

Los holandeses, al oírlos, se pusieron espalda contra espalda. Por un momento permanecieron quietos, aferrados a los fusiles y escudriñando la vegetación que los cercaba. Crecía a cada segundo sobre ellos. Diedrick, que un momento antes había aspirado sin ocultarse tres veces de su pipa amarga, fue el primero en avergonzarse de ese acto instintivo. Se despegó de los demás y exclamó:

–¡Por allá! –señalando al capitán Van Van un punto impreciso en el verdor.

Van Van alzó una ceja. Era una ceja rubia, poblada como un bigote y surcada desde el entrecejo hacia las sienes por unos pocos pero gruesos pelos rojos, como un incendio en miniatura. El ojo correspondiente a esa ceja se clavó en Diedrick, mientras el otro ojo permanecía fijo en la espesura. Diedrick atribuyó la independencia del movimiento de los ojos del capitán al efecto de la pipa, y creyó sonreír. El capitán Van Van miró por un instante los labios del muchacho, torcidos en una mueca violenta, y, regresando la pupila junto a la otra, inclinó hacia delante la frente perezosa.

Reanudaron, sigilosos, la marcha. Los golpes de machete sonaban como silbidos.

Media hora después estaban en los bordes de la aldea. No la tomaron de inmediato. Ocultos, abiertos en abanico, de rodillas o cuerpo a tierra, aguardaron largo rato la orden de asalto del capitán. Pero Van Van se limitaba a fruncir el ceño. Sus hombres, ansiosos, y más que ninguno el inquieto Diedrick (bañado por un temblor azul) dirigían alternativamente las miradas sobre la aldea y sobre el capitán, que era presa del encanto de la ceremonia, de la gracia de la danza, de la polirritmia contagiosa de los tambores.

Diedrick miró al capitán por enésima vez. Éste, fija la vista en la aldea, llevaba el ritmo con un cabeceo mínimo y hacía tamborilear los dedos contra el cañón del fusil.

Absurdo. Diedrick amagó ponerse de pie; sin mirarlo, el capitán le ordenó que se quedase quieto allí donde estaba. Diedrick obedeció a regañadientes. Uno de los "marineros", habiendo advertido el incidente, sonrió y le pidió a Diedrick, con un gesto de la mano, que tuviese calma. Acaso no era la primera vez que eso le ocurría al capitán Van Van.

Nadie en la aldea olfateaba el peligro. Una decena de jóvenes negros cantaba al ritmo de los tambores; las mujeres bailaban, girando cada una de ellas en un pequeñísimo círculo, con desplazamientos pausados de los pies, como si temblaran.

Los tambores ordenaban y dirigían a los cantadores, quienes no hacían sino secundarlos con sus voces. Al capitán Van Van le fascinaba la trama ascendente y cambiante de ese edificio sonoro. Juzgó que se trataba de una misma pulsación, ejercida sobre *tempi* más o menos rápidos y con mayor o menor intensidad, y sospechó, con inteligencia mercante, que los tamboreros debían estar dotados de una profunda comprensión de lo que ejecutaban los otros a fin de evitar que una breve, ínfima distracción o fugaz desentendimiento produjera el caos más absoluto, puesto que cada uno de los tambores martillaba separadamente sus propios diseños, entrelazándose uno con el otro en complejos dibujos rítmicos.

De vez en cuando, un grito, una broma, una risa, trastornaba de inmediato el acompañamiento, dando un corcoveo de extraña belleza a la línea melódica central. El capitán Van Van tuvo ganas de palmotear con las manos ahuecadas, pero se limitó a dejar el fusil en el suelo y a pedir un catalejo.

Diedrick chasqueó la lengua con evidente malhumor y se bamboleó sobre los talones como la llama de una vela.

El capitán apuntó el catalejo hacia la aldea y se sorprendió al ver qué cerca estaban; pensó que nunca había usado ese instrumento. En el extremo, enmarcado por el círculo oscuro de la lente, apareció, blanquísima, la dentadura de Ukelé. El capitán corrigió la distancia, a fin de ampliar el marco, y se quedó un buen rato observando el rostro sonriente, la cara, del negro tamborero.

Ukelé parpadeaba con lentitud, sincronizando el parpadeo al ritmo de sus manos sobre el parche del tambor. El capitán enfocó el cuello de uno de los cantadores; siguió el curso de las venas inflamadas hasta la boca del estómago y, con un salto brusco del ojo del instrumento, se demoró en el vestido de una de las mujeres y luego en la capa de piel de leopardo del jefe, del rey de la tribu, cuyos bordes, trabajados como puntillas, le parecieron de lo más exóticos. El rey, repentinamente serio, miró entonces directo al ojo del instrumento, como si lo hubiese descubierto, y asintió, profusamente asintió.

El capitán no pudo evitar echarse hacia atrás. Atónito, entregó el catalejo y volvió a tomar el fusil.

Diedrick suspiró, tensó el cuerpo como un arco y se dispuso para el asalto. Los demás, entendiendo que el momento había llegado, apretaron a un tiempo y con tal fuerza las mandíbulas que en muchos metros a la redonda se oyó un chasquido seco y uniforme. El capitán se irguió, dio unos pocos pasos y, apareciendo en la aldea, hizo un disparo al aire.

La música cesó de golpe. Los nativos quedaron boquiabiertos. Era ése el efecto que los holandeses esperaban de un disparo: la paralización de sus presas. Esperaban ese efecto desde hacía ya mucho tiempo. La intensificación de la trata, en acuerdo con los reyes o por medio de raptos, había llegado a tal extremo en los últimos años que no había negro en toda la costa que no hubiese oído al menos una vez el sonido de un fusil, y los que no lo habían oído directamente lo conocían a través de relatos. En uno de sus viajes, el mismísimo capitán Van Van había sorprendido a un negro que le contaba a otro la forma y el sonido y el alcance del fuego de esas armas. El negro había dibujado con un palito en la arena un fusil perfecto, con la mira y el gatillo y hasta con los remaches de la culata. Luego, habiendo hecho el gesto de alzar el dibujo de la arena entre los brazos, el narrador se había afirmado al suelo, había apuntado hacia el extremo de la playa y había tomado, con una sola bocanada, tanto aire que el tamaño de su tórax se había duplicado, y, echando al otro negro una miradita de reojo para asegurarse de que lo seguía, había presionado el dedo índice sobre el gatillo y había soltado el aire de golpe, produciendo un estrépito que mejoraba en tal grado la realidad que una decena de pájaros cayeron muertos desde las copas de los árboles cercanos. Por último, el narrador se había lanzado a la carrera a lo largo de la playa, había llegado a unos cien metros del sitio desde el que había disparado, y, abriendo los brazos, se había tumbado de espaldas con un grito de dolor.

El otro negro había corrido, llorando, en auxilio del narrador, pues acaso se trataba de un familiar. Y se había acuclillado junto a él y, antes de darse por vencido, lo había sacudido largo rato entre sus brazos...

Entonces el capitán Van Van y sus hombres habían salido de la espesura. Atónitos, habían dado vuelta una y otra vez al cadáver del narrador sin encontrar ninguna clase de herida. Gracias a la sorpresa, el otro negro había logrado escapar. Treinta y nueve de los cuarenta holandeses se habían persignado a un tiempo; el capitán Van Van se había limitado a negar con la cabeza, una rodilla en la arena, la punta de los dedos blancos sobre el pecho negro, intacto, del narrador.

Esta vez sonrieron. Cuidadosos y precavidos a pesar de todo, avanzaron paso a paso sobre la aldea. Un holandés obeso, semidesnudo y con una larga barba rubia que le caía sobre el vientre, se pasaba la lengua por los labios como un mendigo en un festín; otro, excitado por la inminente captura, reía bajito con la cabeza hundida entre los hombros.

Y el círculo se fue cerrando.

La primera reacción de los africanos, disipado ya el encanto del disparo, fue de curiosidad, sobre todo en las mujeres. Una de ellas, joven y tan negra que parecía virar al azul, de pechos firmes y con el pelo adornado con infinidad de flores y de plumas, se acercó al capitán y le tocó la ropa a fin de averiguar si ésta formaba parte del cuerpo del hombre, de su piel. Después dio un paso atrás, dispuesta a retirarse. Pero el capitán la sujetó por el cuello con tal firmeza que la muchacha apretó los ojos y dejó escapar un gemido áspero de agonía casi instantánea. Los holandeses se abalanzaron entonces sobre sus presas.

El rey, que se había adelantado hacia los hombres blancos con el propósito de darles la bienvenida, fue de los primeros en caer. Al rey le había llamado la atención el bamboleo nervioso de Diedrick, parecido al de un muñeco movido en círculos por un mecanismo de engranajes empastados. Se había acercado a él, creyendo por un momento que se trataba del jefe de los blancos. Pero luego había observado sus pupilas, que se dilataban y contraían como en espasmos de fiebre, lo había olfateado, había advertido el temblor en su piel y, decidiendo que ningún jefe podía ser tan irresponsable, había girado sobre sus pies... Varias manos, varios juegos de manos, le cayeron encima, incluso las de Diedrick. Los nativos, viendo el trato que los intrusos daban a su rey, se dispersaron igual que hormigas. Unos, ingenuamente, corrieron a ocultarse en sus chozas; otros buscaron la espesura a grandes saltos.

Al cesar la música, Ukelé se había quedado sentado a horcajadas sobre su tambor. Luego, apenas dio comienzo la caza, su pequeño hijo corrió hacia él. Ukelé lo atajó en sus brazos, dio la vuelta y emprendió la huida, pero no llegó sino a rozar los bordes de la espesura. Oyó una detonación y un gemido, como si el gemido fuese el eco del disparo, y se detuvo. Su hijo sangraba entre sus brazos. No se movía, no latía. Desde algún lugar de la selva le llegó el grito de su esposa. Ukelé alzó a su niño en alto y lo sacudió como a un trofeo del dolor. Después llamó al niño por su nombre y miró hacia el lugar de donde había partido el disparo.

Lleno de tics en los ojos y en los labios, Diedrick se esforzaba por sonreír, apuntándolo todavía con el arma de la muerte invisible. Ukelé murmuró dos palabras, dejó el cuerpo de su niño en el suelo y saltó sobre el criminal.

En los músculos tensos del negro, Diedrick entrevió la precisión del salto y el resultado del ataque: el negro iba a destrozarlo de un zarpazo. Fue un instante, pero le bastó para saber que el fusil no era en sus manos tan rápido como el odio en las manos del negro y que un disparo, aun certero, no lo salvaría de morir. Nunca había tenido miedo. Mientras el negro volaba por el aire, Diedrick, en el tiempo de un parpadeo que parecía detenido

o cebado en la malicia de una extraña lentitud, no sólo sintió el miedo sino que, además, con la lengua, lo tocó: una capa de saliva espesa adherida al paladar, ardiente y en la que su lengua se ahogaba como un hombre en el océano. Y de pronto Ukelé cayó a sus pies.

Ahí estaba el capitán Van Van, aferrando el fusil por el caño. Había alcanzado de lleno en la cabeza a Ukelé con la culata. Diedrick bajó el arma y el capitán se plantó tan cerca de él que sus narices se rozaron.

Tenían orden de no disparar si no eran atacados. Matar un negro era arrojar su valor, su precio, al fondo de un pantano; los niños, puesto que eran una inversión, se vendían a un precio casi tan alto como el de los hombres más fuertes. Diedrick había matado a un niño.

El capitán despegó los labios y, aunque no pensaba golpearlo, alzó una mano y pronunció con voz firme y ronca la mitad de un insulto. Lidereados por el brujo, una decena de negros habían tomado del interior de las chozas arcos y flechas y comenzaban a atacarlos. El capitán abandonó a Diedrick, clavó una rodilla en el suelo y apretó el gatillo. Diedrick se arrojó cuerpo a tierra, apoyó el fusil en la espalda del desvanecido Ukelé, y, luego de apuntar cuidadosamente al viejo brujo, disparó. El brujo sintió un golpe en la frente. Ni ardor ni dolor sino un golpe, y su boca se torció con el pensamiento de un castigo a semejante herejía: nunca nadie lo había tocado. Retrocedió, ya muerto, y cayó de espaldas dentro de su choza.

El enfrentamiento duró minutos. Los nativos hicieron una sola descarga de flechas: una lluvia impotente frente al fuego de los blancos. Después soltaron los arcos y volvieron a correr en todas direcciones. Algunos consiguieron escapar. Otros fueron muertos o heridos. La mayoría, agachando la cabeza y mirando fijo a los ojos de los blancos, se dejó atar las manos a la espalda.

Diedrick se incorporó y vio que el capitán, de rodillas y con el trasero apoyado en los talones como una dama a orillas de un arroyo cristalino, se tomaba con la mano derecha el brazo izquierdo y miraba con expresión imperturbable, serena, un punto impreciso y acaso lejano entre los claros de la selva. Se acercó y le preguntó si se encontraba bien, pero el capitán permaneció en silencio. Diedrick dio la vuelta y vio que el capitán tenía un brazo atravesado de lado a lado por una flecha y que se disponía a quebrarla.

En efecto: sin la menor mueca de dolor, el capitán partió la flecha y con movimientos decididos y rápidos retiró de su carne la otra mitad. Luego se levantó, soltó el aire que había contenido durante la operación, y, como si no hubiese ocurrido nada, se puso a dar las órdenes de rigor.

Los niños debían ser atados con las mujeres; los hombres, uncidos en parejas con horquillas de varas. En cuanto a los viejos, bastaba con sujetarlos hasta que hubiesen concluido aquellas dos labores principales.

En el enfrentamiento habían muerto quince nativos y un holandés. Por los alrededores de la aldea se arrastraban, buscando huir, una decena de heridos, los que pronto fueron capturados y examinados. Eran heridas más o menos leves, pero el capitán juzgó que ninguno sobreviviría al largo viaje hasta el Brasil. Tenía, tanto él como el capitán Souza, la consigna de no transportar heridos. Sabían por experiencia que las heridas se infectan y que las infecciones, a lo largo de dos meses en el hacinamiento de las bodegas, degeneran en pestes, haciendo que incluso los tripulantes de la nave corran serios riesgos de no llegar con vida al otro lado. Dos años atrás habían perdido un cargamento completo por culpa de un rasguño. Habían zarpado del África con trescientos prisioneros y llegado al Brasil con apenas un niño, su madre y un hombre ya tomado por la fiebre, como un insólito barco de pasajeros del que desciende de pronto una familia de turistas negros.

Diedrick se había encargado de hacer volver en sí a Ukelé. Lo había ahorquillado al final de la larga fila y ahora lo inspeccionaba casi con deleite, ordenándole moverse a un lado y a otro con apenas una presión de los dedos. En esa tarea estaba cuando de improviso él y cada uno de los hombres dirigieron a un tiempo la vista hacia el capitán. Hasta entonces agitado, yendo de un lado a otro, dirigiendo a sus hombres, el capitán hizo silencio y se puso rígido como una estaca. Después frunció el ceño y, como si ese gesto lo hubiese fulminado, se desplomó.

Los que se acuclillaron a su lado alcanzaron a ver un último temblor en los párpados aún abiertos, casi un aleteo.

Los demás no se movieron de donde estaban: no había nada que hacer contra una flecha envenenada. Así que se limitaron a volver a su labor, repentinamente sumidos en una melancolía que ninguno había experimentado jamás, y en el temor (en cierto modo infundado, puesto que las jerarquías eran respetadas, debían serlo, y, muerto el capitán Van Van, el control de la parte holandesa de la nave pasaba a manos de aquel gordo semidesnudo de larga barba rubia y de nombre Djinn) de que la pérdida de Van Van incitase a los portugueses a revisar el acuerdo inicial y lanzarse a un combate por la posesión de la nave, unificando el mando y reduciéndolos a ellos, a los holandeses, a una condición aun peor que la de esclavos. Diedrick golpeó con el revés de una mano a Ukelé y fue al encuentro de Djinn.

A pesar del golpe, Ukelé no quitó siquiera por un instante la vista del cuerpo de su hijo. Los ojos le ardían, secos como un fuego quieto, y la garganta y el estómago se le iban cerrando igual que puños. El rey, ya envarado pero con las manos aún libres, le dirigió un mensaje con golpes de las palmas contra los muslos, el vientre, el pecho, haciendo de su cuerpo un tambor.

Ukelé, entonces, quitó la vista de su hijo, miró al rey, y asintió repetidas veces, moviendo lentamente la cabeza, lenta y serenamente, como aquel a quien acaba de confiarse en secreto una gran verdad.

El golpeteo del rey llamó la atención de Diedrick y del ahora capitán Djinn. Este último se dirigió a grandes pasos (ridículos en un hombre obeso) junto al rey. Lo agarró de los pelos y dio su primera orden:

–¿Quién fue el idiota que envaró a este viejo? ¡No sirve para nada! ¡Desátenlo! ¡Debe tener doscientos años! ¡Si llega vivo al barco... eso sí que sería un milagro!

Diedrick soltó al rey. Después lo empujó hacia adelante y le pegó una fuertísima patada en el trasero. El viejo cayó boca abajo.

Por un momento se quedaron todos mirando al viejo humillado.

–¡Mucha razón tenía el capitán Djinn! –exclamó entonces Diedrick. Pero no oyó el sonido de su propia voz y repitió lo dicho en un tono un poco más alto que hizo pestañear a Djinn–. ¡Bastó una patadita para darle muerte! –añadió.

Todos estallaron en grandes carcajadas.

Después, cuando se disponían a emprender el regreso a la nave, se oyó la segunda orden de Djinn:

–Los tambores. Hay que llevarlos. El viaje es largo y tedioso. ¡Dirk, Hans, Piet! –llamó.

Los tres hombres dieron un paso al frente. Esa actitud sorprendió al capitán Djinn: jamás un hombre de la tripulación había dado un paso al frente cuando los llamaba el capitán Van Van. Tampoco cuando lo hacía el capitán Souza. Los hombres cumplían con las órdenes que se les impartían sin ninguna ceremonia, y se diría que lo hacían sólo gracias a la fragilidad del equilibrio en el que se encontraban. A ese estado se sumaba ahora la melancolía producida por la muerte de Van Van. Pero el capitán Djinn estaba lejos de leer en el espíritu de sus hombres, de modo que lo único que pasó por su cabeza (una cabeza gigantesca, peluda y cuadrada) fue el deslumbramiento por una autoridad que ignoraba poseer, innata. Complacido consigo mismo, ordenó a los tres marineros que cargasen los tambores y alzó un brazo con ademán grandilocuente para indicar el inicio de la marcha.

¿Qué pasaba con esos hombres? Diedrick se lo preguntó durante todo el trayecto hacia la costa. En tanto él se sentía a cada paso más fogoso, más despierto, los otros aparecían cada vez más lánguidos, sumidos en una pesadez que de ninguna forma podía atribuir sólo al calor y la humedad agobiantes, puesto que también él los padecía, y reblandecidos como infantes nobles fuera del hogar. Ukelé iba con la vista clavada en la nuca de Diedrick; los suspiros involuntarios de los hombres blancos, los gemidos de su gente, eran, para él, como chispas sonoras que su mirada arrancase al contacto con la nuca del asesino. Diedrick se detuvo y, girando sobre los talones, miró por un instante, aunque sin verlo, al negro imperturbable. Después reanudó la marcha, pensativo. No se le escapaba que la muerte de Van Van había desdibujado, al menos por el momento, la osadía, la temeridad, la codicia de los hombres. Ya no parecían sino simples embusteros, o mercaderes oficiales en la nave equivocada. Supuso, rozando la verdad y la razón, que debía ser muy grande el temor a un enfrentamiento con los portugueses y que ese temor debía aparecer siempre al cabo de una redada por las costas del África, con Van Van o sin él. ¿Experimentarían los portugueses el mismo temor? Si era así, en ese momento los dos bandos, uno al norte y otro al sur, debían no ser otra cosa que dos columnas de cobardes arrastrando un centenar de negros por los vericuetos de una tierra que podía tragárselos con apenas un chasquido. Ukelé había hecho chasquear los dedos, impulsado por ese mismo deseo insólito.

"Yo soy Holanda y soy también la selva", pensó de pronto Diedrick. Se estremeció. Hijo del "tráfico" entre un señor de ingenio y de una esclava, una india a la que no había tenido siquiera oportunidad de ver, creyó que, de proponérselo, sería capaz de batir uno por uno a los holandeses que lo acompañaban. Así como los nativos se habían dejado paralizar por el sonido de un fusil, él podría rendirlos con sólo susurrar que iba a hacerlo.

Odiaba la debilidad. Se sintió a tal grado omnipotente que apretó los puños y la mandíbula para que esa fuerza no lo abandonase. Imaginó su propio cuerpo tendido como un disfraz en esa tierra extraña donde un momento antes había matado, y gimió sin oírse.

Un marinero lo tomó del brazo. Diedrick se sacudió como una serpiente. Sentía el paso de los negros a su lado, el sollozo de las mujeres, la tos de un hombre, el vagido simétrico de los mellizos, el resoplar de los hombres que cargaban con los tambores. Giró la cabeza y vio pasar a Ukelé.

Diedrick y Ukelé se miraron un momento, y los dos estuvieron a un paso de sucumbir al impulso de bajar la vista. Pero ninguno lo hizo. Ukelé siguió caminando, tironeado por el de adelante. En todo su corazón percutía el sonido del disparo, el gemido ahogado del niño, el brevísimo silencio posterior durante el cual se había tensado para saltar...

Y entonces vio el mar. Y ya no oyó otra cosa que su rumor. Fue como si hubiese transcurrido un segundo desde aquel salto; como si, en efecto, aquel salto hubiese bastado para salvar la distancia entre la aldea y la playa.

La nave negrera se bamboleaba pesadamente a lo lejos. Los hombres que habían quedado a su cuidado, un puñado de holandeses y otro, en el mismo número, de portugueses, los recibieron con menos alborozo que sorpresa. No los esperaban tan pronto. Cuando, habiendo optado por el rapto de negros en lugar de comprarlos a los reyes locales, los bandos se internaban en la selva, tardaban días y a veces semanas en volver. El cuerpo sin vida del capitán Van Van aumentó la turbación.

Con un minuto de silencio como única pompa, Van Van fue arrojado al mar. Esto, para Diedrick, completaba el absurdo. Le había sugerido a Djinn que el cuerpo fuese enterrado a mitad de camino entre la aldea y el mar, pero Djinn, estúpidamente solemne, había negado una y otra vez con la cabeza:

—Van Van debe descansar en el mar.

Diedrick no había insistido, limitándose a marchar a la cabeza de esa columna de hombres agobiados por el temor. Él, después de todo, era un pasajero, un curioso, un "invitado" en virtud del poder de su padre, quien había acogido con una cadena de suspiros de alivio el deseo de Diedrick de viajar al África: no le vendría nada mal quitárselo de encima por unos meses...

Finalmente, Diedrick, al divisar una pequeña franja de arena, se había lanzado a la carrera con tal desenfreno que los demás pensaron que había enloquecido.

En la orilla, sentados en la borda de uno de los botes, los pantalones arremangados y los pies descalzos en el agua, descamisados, cuatro hombres alzaban plácidamente las cabezas hacia el sol abrazador. Diedrick no creyó en lo que veía. Se quedó por un momento quieto, observando a los negreros tomar el sol, y luego gritó:

—¡Eh! ¡Ustedes...!

Los cuatro hombres aletearon como un nido de pájaros, cayendo y levantándose y manoteando allá y aquí en busca de los fusiles.

Ya repuestos, y cuando empezaban a salir de la selva los primeros esclavos y los primeros holandeses, los cuatro hombres se pusieron a pasear allá y aquí con los rostros de nuevo alzados al sol y espiando de reojo a Diedrick, como si buscasen demostrarle (ellos, justamente ellos, hombres sin principios, irresponsables, carentes de espíritu previsor, aficionados al vino de palma y al aguardiente) que la posición en la que habían sido encontrados en el bote era casual, o adoptada a propósito por ser más cómoda o, por así decir, más llevadera.

Diedrick saltó sobre el bote y, tras él, deslizándose pesadamente, el capitán Djinn. El mar estaba limpio y sereno como la hoja de un espejo. Los remos, pausados, lo hendían, y tanto sus huellas como la estela del bote persistieron a lo largo del trayecto y hasta un buen rato después de que los hombres hubiesen abordado la nave.

El capitán Djinn ordenó atar una piedra a los pies de Van Van y él en persona lo cargó y lo arrojó por la borda. Cuando Diedrick salió de nuevo a cubierta, con la pipa entre los dientes, el cuerpo de Van Van giraba a dos aguas en un remolino burbujeante, como si se resistiera a hundirse. Diedrick, Djinn y los veinte hombres que habían quedado al cuidado de la nave contemplaron absortos el espectáculo hasta que al fin Van Van decidió perderse en la profundidad de las aguas cristalinas. Después regresaron a la playa.

Los negros habían sido encadenados a unas palmeras que, desde una meseta de piedra, se inclinaban sobre la arena. Una nube de mosquitos, compacta y plateada, revoloteaba allá y aquí con un zumbido uniforme y ahora se posaba como un dedo en la cabeza de un negro, ahora en la de un mestizo, ahora en la de un blanco, sin que nadie pudiese hacer nada por espantarlos.

Entre los negros encadenados corrió pronto el rumor de que los hombres blancos los habían cazado para comerlos. La convicción de que los blancos eran caníbales y que iban a transportarlos a un lugar donde su carne era muy apreciada, desató entre muchos de ellos una desesperación tal que Djinn debió desmayarlos a culatazos para que no rompiesen las cadenas o arrancasen las palmeras de raíz.

Pero la calma duró sólo hasta que al anochecer salió de la selva la expedición portuguesa. Avanzaron sobre la playa como una sombra gigantesca de la que de tanto en tanto se desprendía un grito, seguido por el chasquido de un látigo.

El capitán Djinn, en medio del griterío renovado, fue al encuentro del capitán Souza. Es decir: apuntó el cuerpo, dio un paso al frente y allí se quedó a esperarlo, las piernas regordetas muy abiertas.

Pero en lugar de Souza venía Pessoa. Pessoa era un hombre oscuro, morrudo, fuerte como un tigre y malo como una víbora. Hasta Diedrick, que nunca había respetado a nadie, se cuidaba de molestarlo. Djinn temió lo peor.

Los dos hombres se encontraron frente a frente y Djinn preguntó por el capitán Souza.

Pessoa chasqueó los dedos; del grupo en sombras se desprendió un portugués con un bulto sobre los hombros. Sin el menor miramiento, el portugués arrojó un cuerpo sin cabeza a los pies de Djinn. Entonces Pessoa dijo:

—Creo que ha muerto.

Diedrick se acercó y observó el cuerpo decapitado de Souza: sus ropas, sus tatuajes, sus manos huesudas de largas uñas blancas.

Pessoa, a su vez, preguntó por el capitán Van Van, y se llevó una mano a la boca en un gesto risueño al enterarse de que era Djinn quien ahora estaba al mando de la parte holandesa de la nave. Pero el incidente no pasó a mayores. Pessoa ordenó a sus hombres que encadenasen a los negros en las palmeras y, con un bamboleo jocoso, temible, se dirigió hacia uno de los botes.

Diedrick comprendió de inmediato la gravedad de la situación. Djinn era en todo inferior a Pessoa: menos ágil, menos fuerte, menos inteligente y un aventurero de ferocidad limitada a la pesadez de su físico. Lo que no entendía era cómo Van Van lo había nombrado su segundo, habiendo tantos hombres mejores y capaces en el bando holandés. Para colmo, había que considerar también las dificultades con el idioma; tanto los holandeses

como los portugueses entendían apenas unas pocas palabras del idioma del bando contrario, con las que armaban frases de las que podría afirmarse pertenecían a un tercer idioma, exclusivo de la nave. De modo que las disputas y desacuerdos se dirimían menos con la palabra que con el cuerpo y con el brillo de los ojos.

Así que ahora su vida estaba en peligro. Si estallaba la lucha entre unos y otros, si el equilibrio se rompía, quizá él no llegase al Brasil. Podían abandonarlo allí mismo, podía ser arrojado al mar, podían arrastrarlo hacia quién sabe qué tierras... Tomó por un brazo a Djinn y juntos fueron al encuentro de uno de los marineros portugueses.

Por él se enteraron de los pormenores de la incursión. Habían topado con un poblado de amplias calles y de casas construidas con arcilla roja pulida en tal grado que pensaron que se trataba de mármol rojo. Después supieron –porque el número de casas no podía albergar a más de cien nativos y por allí circulaban unos trescientos– que el poblado acababa de ser asaltado por una tribu dedicada a la venta de esclavos a las naves europeas. Souza había ordenado al grueso de los hombres permanecer escondidos y, luego de tomar algunos sombreros, unas pocas piezas de tela, diez collares y dos fusiles de chispa, marchó acompañado por cinco hombres al encuentro del rey. Él y su grupo fueron conducidos a una casa y cuidadosamente bañados. Luego, Souza se postró ante el rey, cuyos brazos, cubiertos con adornos de oro, eran sostenidos cada uno por un cortesano. El rey hablaba no sólo el portugués sino también la lengua de varias de las naciones europeas con las que estaba habituado a comerciar. La sorpresa de Souza fue tan grande que no le resultó fácil incorporarse. Finalmente, Souza le ofreció los fusiles, las telas, los sombreros y los collares a cambio de cien esclavos, oferta que despertó la hilaridad del rey, quien indicó que por esas baratijas no le daría más de diez. Souza entendió que el regateo era inútil y que, aunque lo pusiese en práctica y tuviese éxito, no alcanzaría a elevar el número de esclavos a más de doce o trece. Dio un paso hacia el rey y le dijo en un susurro prometedor para no despertar sospechas acerca de sus verdaderas intenciones que si lo esperaba dos días regresaría con tantos collares y fusiles y piezas de tela que hasta él mismo querría venderse. El rey aceptó y Souza abandonó el poblado.

Reptando como serpientes, Pessoa y el resto de los hombres se habían acercado tanto que Souza pasó entre ellos simulando no verlos por temor a que los nativos que los seguían con la vista descubriesen que no había llegado solo. Cuando estuvo lo suficientemente lejos, él y los hombres que lo habían acompañado se echaron cuerpo a tierra y volvieron reptando sobre sus pasos.

Una vez reunidos, los hombres se abrieron en abanico alrededor del poblado. Habían terminado de hacerlo cuando el rey, siempre sostenidos sus brazos de oro por los dos cortesanos, abandonó la casa y avanzó lentamente por la calle central. Souza y Pessoa, los dos, le apuntaron, gatillaron a un tiempo, y el rey se desplomó con un único agujero en el pecho. En el poblado hubo una verdadera desbandada. Souza ordenó, a voz en cuello, una descarga general, bajo la que cayeron veinte o treinta negros. En la segunda y tercera descargas, el número de muertos ascendió vertiginosamente: había ciento cincuenta negros tendidos en el suelo... lo cual era imposible, ya que eran cuarenta los fusiles.

Pessoa, enardecido por la sangre y por el rápido triunfo, olvidó que era Souza quien estaba al mando y, saliendo de su escondite, gritó a los hombres que avanzaran sobre las casas. Nueve hombres le obedecieron. Fue entonces cuando los "muertos" se levantaron y se abalanzaron sobre los invasores. Sólo Pessoa regresó a salvo junto a Souza. Los nueve que lo habían seguido yacían por el suelo acribillados a flechazos, como muñecos a los que se clavan alfileres.

El portugués contó a Diedrick, y éste le tradujo a Djinn, que el combate no había durado menos de una hora. Las mujeres habían huido, llevándose a los niños; los guerreros deambulaban, enloquecidos por la derrota, disparando sus arcos al azar, cuando al fin los portugueses avanzaron sobre el poblado.

Capturaron ciento veinte negros. El capitán Souza había ordenado que ocho hombres apuntasen uno al sur, otro al norte, un tercero al este y otro al oeste, y los cuatro restantes en los puntos intermedios, y que efectuasen hacia los alrededores disparos regulares, pues de tanto en tanto llovían sobre el poblado las flechas y lanzas de los guerreros que habían alcanzado a escapar y que contraatacaban protegidos por la espesura. En esas condiciones tuvieron que encadenar a los ciento veinte prisioneros.

Souza buscó largo rato el oro del rey, pero no encontró ni siquiera el cuerpo.

Diedrick volvió a preguntar cómo había muerto el capitán Souza.

El portugués frunció el ceño: ¿no lo había contado ya?

Diedrick repitió la pregunta.

Con desgano, cansado ya de hablar, el portugués dijo que así como llovían flechas desde los alrededores del poblado, algunos guerreros solitarios y suicidas se abalanzaban de tanto en tanto sobre ellos; uno de estos guerreros, armado con el machete de un compañero muerto, alcanzó a agarrar a Souza por los pelos, le rebanó la cabeza con un golpe limpio, preciso y tan veloz que se oyó como el chasquido de un látigo y su eco, y se perdió después en la selva con la cabeza de Souza congelada en una mueca de sorpresa, los labios listos para un insulto.

Aunque ya no tenía nada que contar, el portugués abandonó a los holandeses con un gesto de fastidio, como si al fin se negase a seguir hablando. Diedrick, a su vez, se apartó de Djinn luego de una rápida traducción y se puso a caminar por la playa en sombras.

Llegó hasta una formación de rocas pulidas por el oleaje. El agua se echaba sobre las rocas, las rodeaba como un brazo, permanecía un instante entre ellas y al fin se retiraba arañándolas. Desde allí alcanzó a ver la luna, que ascendía por detrás de la silueta de la selva. Estaba repleta de una luz ceniza y su redondez era perfecta y tan nítida que le hizo pensar en un agujero practicado en el cielo hacia un espacio luminoso.

–¡Bah! –exclamó de pronto.

Escupió a un costado y desanduvo el camino.

Los negros, atados a los árboles, se confundían con las sombras de la noche. Muchos habían sido ya examinados y trasladados, en grupos de diez, a la nave. El examen consistía en hacerlos saltar y estirar rápidamente los brazos, para comprobar si se hallaban sanos. También se les miraba la boca para apreciar la edad. Pero la mayor preocupación consistía en verificar que ninguno tuviese llagas o lastimaduras en las intimidades. Para eso, un "cirujano" portugués debía examinar tanto a las mujeres como a los hombres con cuidado y escrupulosamente. Era un trámite que suponía una gran molestia, pero no podía ser omitido. El "cirujano" debió esperar al amanecer para cumplir con este último requisito.

A media mañana del día siguiente, todos los esclavos habían sido ya encadenados en la bodega. La noche había transcurrido en una relativa calma; con la primera luz del día, sin embargo, volvieron los problemas. Los negros se arrojaban a la arena, enterrando las manos en un desesperado esfuerzo por permanecer en tierra. Los látigos de siete colas de los blancos no servían para nada. Algunos esclvos intentaban ahorcarse con las cadenas. Diedrick se destacó en el trabajo de arrastrarlos a viva fuerza a las grandes canoas que esperaban para transportarlos a través de las rompientes.

Por fin, no quedaron en la playa más que dos viejos y una mujer joven con un corte profundo entre los pechos, y aunque alguien se había tomado la molestia de soltarlos no atinaban a huir, permaneciendo allí como despojos. Diedrick se les acercó, se llevó las manos en forma de pantalla a la boca y lanzó uno de esos gritos con los que se espanta a los animales; recién entonces los tres desdichados se pusieron a correr.

La nave zarparía de un momento a otro. Las dos tripulaciones estaban pasmadas por la eficacia de la incursión. Se felicitaban, no con palabras ni con risas sino con una suerte de gustosa celeridad en el trabajo de encadenamiento en la bodega. Tan pronto como los esclavos subían a bordo, los hombres eran encadenados de dos en dos, con la muñeca y el tobillo derechos de uno junto a la muñeca y tobillo izquierdos del otro. Después eran llevados a la bodega. Esto debía hacerse con la mayor rapidez, para sacarlos pronto de la vista de su propio país, pues era entonces cuando los esclavos intentaban escaparse o amotinarse. Algunos alcanzaban a arrojarse por la borda, prefiriendo alimentar a los tiburones que a los caníbales blancos a los que llamaban *koomis* Para evitar suicidios y motines, se ponían centinelas en el escotillón y una caja llena de armas cortas, cargadas y preparadas, para tenerlas siempre a mano, y dos de los cañones de popa eran enfilados en dirección a cubierta y asimismo dos de proa. El acceso al entrepuente estaba siempre cerrado y con el pestillo echado.

Diedrick había hecho varios viajes desde la playa hasta la nave y desde la nave hasta la playa, y en ningún momento había dejado de observar la conducta de los tratantes. No había, en principio, signo alguno de que el bando portugués planease apoderarse de la nave, pero era aún demasiado pronto para vislumbrar las intenciones de unos hombres que parecían ahora más valientes de lo que eran en virtud del contraste que ofrecían los holandeses:

35

alerta, pensativos. Qué ocurriría luego de una o dos semanas de navegación, eso era lo que lo desvelaba. Y de pronto giró y allí, a sus espaldas, estaba Ukelé. Hasta que la muerte hiciese lugar en la bodega, diez esclavos tendrían el honor de viajar sobre cubierta. Diedrick sostuvo la mirada de Ukelé con un gesto de ira y de extrañeza a la vez: no sentía que el negro lo mirase con odio. No había absolutamente nada en la mirada del negro: impasible, fija y vidriosa. Dio un paso hacia Ukelé y lo golpeó con el revés de una mano.

–¡Baja la vista! –gritó y volvió a golpearlo–. ¡Abajo!

Lo agarró por el pelo y lo obligó a agachar la cabeza.

–¡Bestia! ¿Me entiendes? ¡Así está bien! ¡Abajo!

Atraído por los gritos, Pessoa contempló un momento la escena y soltó una espantosa carcajada. Después dijo:

–Diedrick, si no fuera porque tu padre va a comprarme la mitad del cargamento, te ataría junto a ellos en el fondo de la bodega y te alimentaría con carne de rata y orina y te arrojaría al mar a la vista de la costa brasilera. ¡Aquí sólo yo golpeo y grito! ¿Me oyes?

Dijo esto y se alejó.

Djinn pidió a Diedrick que le tradujese las palabras de Pessoa.

–Que sólo tú, él y yo podemos castigar a estos negros, pero que si yo lastimo a un infeliz mi padre se verá obligado a pagarlo. Eso dijo.

Djinn achinó un ojo. Dudaba de la traducción. ¿Cómo podía alguien ajeno a la nave compartir la autoridad de los capitanes? Dejó a Diedrick y fue en busca de Pessoa. Quería discutir el "fardo flojo" y el "fardo prieto".

Eran esas las dos tendencias de los capitanes anteriores. Van Van y Souza habían discutido regularmente sobre ese punto, ganando una vez éste y otra vez aquél.

Van Van propugnaba el "fardo flojo". Argumentaba que, dando a los esclavos un poco más de espacio y mejor comida, reducían la mortalidad y obtenían mayores precios por esclavo en el Brasil. Souza, partidario del "fardo prieto", contestaba que aunque la pérdida de vidas fuese mayor en cada uno de los viajes estaba ampliamente compensada por los ingresos netos al ser también mayor el cargamento.

Djinn, en verdad, iba a discutir para cumplir con una formalidad. No había en esta ocasión nada que discutir. La nave, de unas cien toneladas, tenía capacidad para una carga de doscientos esclavos. Llevaban doscientos diez, una cifra que en la primera semana iba a descender acaso considerablemente. Una formalidad, pues ¿sería Djinn capaz de pretender la devolución a tierra de cierto número de esclavos sólo para que no viajasen apretados? Ya bastante había concedido Pessoa a Djinn al no opinar cuando éste mandó que diez esclavos fuesen atados al palo mayor. Doscientos era el número con el que solía manejarse Van Van. Cuando ganaba Pessoa, ese número podía ascender a cuatrocientos. En estos viajes, los marineros encargados de la alimentación de los esclavos debían descalzarse antes de entrar en la bodega, pues no había más remedio que caminar por encima de ellos. Y al salir tenían los pies llenos de los mordiscos que les daban los esclavos.

Ahora, Ukelé miraba cómo una lengua de color violeta pálido se encendía en el cielo. Luego, otras, del color del fuego, empezaron a brotar allá y aquí y a ensancharse como un derrame de luz.

Ningún ruido llegaba desde el país cercano. En la nave reinaba un silencio espeso. El aire, visible como un cuerpo, se hamacaba al compás de la nave, y las olas, pequeñas y dosificadas por el viento con burlona irregularidad, iban a tenderse sobre la playa igual que un manto de seda con puntillas de espuma.

Ukelé sabía... Se estremeció y buscó a Diedrick. Lo vio guardar la pipa entre sus ropas y bajar a la cámara del timonel...

Y de pronto uno de los vigías, un portugués de calva tan oscura como su barba, que desde hacía un buen rato dormitaba de pie junto a la barandilla de proa, se desplomó con un gemido sordo en brazos de su relevo holandés. Una flecha le atravesaba el cuello. Asomada por detrás a la altura de la nuca, la punta de la flecha, una filosa "V" invertida, parecía la talla de una mueca de ira.

El holandés se desprendió del abrazo inerte del vigía y dio la voz de alarma.

Canoas. Decenas de canoas con cinco y hasta diez africanos armados con arcos y pintados para la guerra avanzaban sobre la nave. Todas estaban protegidas por escudos de cuero y de madera y todas, sin excepción, camufladas con ramas y grandes hojas de banano, dando la impresión, elemental pero increíblemente efectiva, de pequeñas islas a la deriva. Cada guerrero ostentaba un gran escudo con sus vívidas inscripciones heráldicas, que manejaba como si fuese un juguete, aunque bien pesaba unos veinticinco kilos.

El barco estaba anclado a doscientos metros de la playa. El acercamiento de las canoas, amparadas por la sombra rasgada de unas nubes que ondulaban sobre el mar en calma, como el dibujo de la piel de un tigre, había sido una obra maestra de sigilo y rapidez. Los remos habían hendido el agua con tal delicadeza que ninguno de los varios dibujos de la sombra había sido siquiera alterado.

Al saberse al fin descubiertos, los guerreros se desprendieron de sus camuflajes y lanzaron sobre el navío una lluvia de flechas envenenadas.

Diedrick fue de los primeros en jalar del gatillo. El disparo penetró en el cuerpo ya arqueado de un guerrero gigantesco que parecía dispuesto a dejarse llevar sobre la nave por el impulso de su lanza. Herido de muerte, abrió muy grande la boca y se desplomó en el interior de la canoa con un ridículo silbido de rabia. Diedrick volvió a apuntar.

Los disparos, los gritos de animación animal de los atacantes y el alarido uniforme y enloquecido de los negros encadenados impedían a Djinn y a Pessoa oír el sonido de sus propias voces, con órdenes aún confusas. Los negros encadenados por un tobillo al palo mayor hacían gala de una gran destreza esquivando flechas, pues el largo de la cadena no les permitía dar más de un paso. Ukelé saltaba allá y aquí como sujeto por una cuerda elástica. Dos de los negros resultaron muertos en la primera descarga; un tercero, sentado entre ellos, aullaba de dolor, el muslo derecho atravesado por una lanza.

Djinn, mudo como una piedra, señalaba a proa con un brazo furiosamente extendido. Allí se hacían fuertes los atacantes. Trepaban por la cadena del ancla. Y aunque caían igual que mosquitos (e incluso con un zumbido) no se dejaban amedrentar por el fuego de los fusiles. Una y otra vez se reagrupaban para lanzarse sobre la nave.

Veinte o treinta guerreros habían tenido éxito en el abordaje y se agrupaban en la proa. Su número crecía minuto a minuto. Los disparos abrían en vano grandes claros entre ellos: de inmediato eran reemplazados por otros, enardecidos por la muerte de los suyos y gritando sin cesar el nombre de aquel rey de los brazaletes de oro: Oba.

El combate duró una hora y durante ese tiempo la decisión y temeridad de los guerreros no fue menor que el pavor y la desesperación de los tripulantes. Éstos se protegían como podían y, aun disparando al azar, siempre acertaban a alguno, tantos eran los atacantes. Pessoa corría de un lado a otro gritando los nombres de sus hombres para hacerlos volver en sí, pues había visto cómo algunos de ellos eran muertos a causa del asombro. Un tal Hermeto había quedado boquiabierto al ver cómo un guerrero que le había arrojado una lanza la recuperaba en el aire, haciendo uso de unos reflejos y rapidez endemoniados, para volver a arrojársela, ya corregida la puntería.

El mismo Pessoa vio a uno de los atacantes quitar de su canoa tres cuerpos acribillados, echarlos al agua y, haciendo de la canoa ya libre una rampa de lanzamiento, tomar carrera y arrojarse, con un salto espectacular, sobre la nave. Pessoa quedó por un instante paralizado. Después se acercó a la barandilla de estribor, a la que el negro había alcanzado a aferrarse, le cortó la mano con un golpe de sable y se dirigió rápidamente a la bodega.

Los negros, en un esfuerzo coordinado, empujaban a un lado y a otro, haciendo que la nave se balancease peligrosamente, como en el centro de una tormenta humana. Le costó creerlo. Murmuró:

–Doscientas toneladas...

Y disparó el fusil en la oscuridad.

Los negros no se aquietaron. La desesperación les daba tanta fuerza como la ingenuidad de creer que, en efecto, podían volcar la nave. Pessoa hizo otro disparo y, como un eco desmesurado, se oyó en el acto la explosión aterradora de uno de los cañones de popa. Los negros no volvieron a moverse. Pessoa abandonó la bodega con un salto.

Djinn había decidido el combate.

Una canoa que había volado en mil pedazos aún no terminaba de caer cuando sonó el segundo cañonazo. Los guerreros que se habían hecho fuertes, agrupándose en la proa, quedaron por un instante fijos en el lugar y en la posición en que el sonido del fuego los había sorprendido para luego arrojarse al agua todos a un tiempo como si se tratase de un solo cuerpo. Las canoas emprendieron la retirada haciendo aletear los remos en completo desorden y en cualquier dirección.

Algunas, incluso, huían mar adentro.

El último guerrero a bordo decidió que era tarde para escapar con vida: los tiburones hacían estragos entre los nadadores; los hombres blancos disparaban, riendo como en una competencia de caza, a las canoas fugitivas. Quitó una lanza del estómago de uno de los hombres blancos y, arqueándose parsimoniosamente, la arrojó hacia la espalda de Diedrick.

Diedrick sintió el empujón de unos pies descalzos y cayó al suelo insultando. La lanza se clavó en el palo mayor a la altura de su cabeza. Se incorporó y, antes de que la lanza dejase de vibrar, comprendió que Ukelé le había salvado la vida.

Habiendo fracasado, el guerrero se llevó las manos al pecho como si ya le hubiesen dado muerte. Y esperó. Esperó un buen rato. Pero nadie le hizo caso: estaban todos muy divertidos "fusilando" a los guerreros que aún no habían sido muertos por los tiburones. Cada vez que alguien acertaba, se oía sobre cubierta una risa unánime y un insulto en dos idiomas.

Al fin, entonces, irritado, el guerrero avanzó a grandes pasos hasta donde se encontraba el grueso de los hombres y dijo tal sarta de blasfemias que los mismos tratantes, expertos en ese tipo de lenguaje, quedaron impresionados y decidieron que sería un pecado matar a un negro con un vocabulario tan extenso. Lo agarraron entre cuatro o cinco, pues el hombre se sacudía como una fiera, y lo encadenaron en el fondo de la bodega.

Diedrick dio un paso hacia Ukelé. Alrededor de la nave flotaba un centenar de guerreros muertos. El oleaje, aunque suave, los amontonaba contra el casco, que por donde se mirase estaba erizado de flechas y de lanzas como un puercoespín marino. Ukelé, agitado como si también él hubiese participado en el combate, resoplaba con la cabeza en alto, mirando a lo lejos por encima de la cabeza de Diedrick. A su lado, el negro que había sido herido en un muslo susurró algo en dialecto nagó y,

arrancándose la flecha con un rápido tirón de ambas manos, cerró los ojos lentamente, resignado al asalto del veneno.

Diedrick dio otro paso y murmuró:

-Abajo...

Ukelé siguió mirando a lo lejos.

-¡Que mires abajo! -gritó entonces Diedrick.

Y agarrándolo de nuevo por el pelo, lo obligó a agachar la cabeza.

Después alzó un brazo con el puño cerrado sobre la nuca temblorosa del negro, pero no lo golpeó. Dejó caer el brazo a un costado y, tomándose el puño con la otra mano, se puso a estrujarlo como si se tratase de un animal extraño, ajeno y por alguna razón adherido a su cuerpo. Al fin se apartó y fue en busca del capitán Djinn.

Capítulo II

El tedio era el enemigo número uno de las dos tripulaciones. Su ponzoña minaba los ánimos, trazaba siluetas fantasmagóricas y caracoleantes en el aire, llenaba las cabezas de una savia algodonosa y hacía oír un zumbido débil pero nítido durante días y días y aun durante el sueño.

En los primeros viajes, el tedio los había ganado regularmente al cabo de treinta días de navegación. En los últimos, bastaba con que la costa se perdiese de vista para que los hombres quedasen de inmediato narcotizados, congelándose en larguísimos bostezos o paseándose allá y aquí como sonámbulos. Los capitanes Souza y Van Van debían permanecer entonces más alerta que nunca. Sabían que en el fondo de cada uno de sus hombres, condenados a mirar durante semanas enteras las ondulaciones del mar, anidaba, dormido como una serpiente, el deseo de un acontecimiento o de un suceso –una tormenta, una disputa, un motín– que los sacase del trance en el que estaban, y sabían, tanto uno como el otro, que un desmán, una vez iniciado, sería poco menos que imposible de contener. Por eso, así como muchos capitanes de buques negreros poseían planos con las dimensiones de las cubiertas, bodegas, plataformas, santabárbara, sollado y cámara grande (en realidad, de cada resquicio en el que podían meter esclavos), Souza y Van Van tenían un plan, riguroso y en

45

general enriquecido por sucesos extras, a veces provocados por ellos mismos, acerca de la distribución del esparcimiento durante sesenta días de navegación en calma chicha. Pessoa y Djinn se apresuraron a cumplirlo.

La eficacia de las incursiones, el ataque de la tribu guerrera, los pormenores del enfrentamiento, la muerte de los capitanes Souza y Van Van, etcétera, dieron lugar a charlas de especulación diversa y a una serie de anécdotas personales acerca del valor de sus narradores en las que nadie creía ni jota pero que a todos, en cada uno de los bandos, entretuvo, por lo fantasioso de los relatos, durante la primera semana de viaje.

A esto hay que añadir un descubrimiento que prolongó la diversión. El guerrero que había saltado desde su canoa hacia la nave fue encontrado al tercer día oculto bajo una lona. Su brazo derecho, cuya mano había rebanado Pessoa con un golpe de sable, presentaba un muñón de sangre violácea misteriosamente coagulada. En aquella oportunidad, el guerrero, víctima por segunda vez de su espíritu enfebrecido, se había hecho a bordo valiéndose de un solo brazo en lugar de soltarse y buscar alguna de las muchas canoas que aún rodeaban la nave. Ahora estaba como encogido, medio muerto de hambre, tembloroso. No obstante, al ser descubierto se incorporó con un salto y gritó a voz en cuello:

–¡Absurdo, sólo tú eres puro!

Los hombres se miraron unos a otros. Diedrick oyó las palabras del africano, sin duda europeas, aunque no portuguesas ni holandesas y, como era su costumbre, alzó una mano, dispuesto a abofetearlo, pero en ese momento advirtió que a su lado estaba Pessoa y se contuvo. Pessoa optó por darle al negro un fuerte puntapié en un tobillo

–¡Absurdo, sólo tú eres puro! –repitió entonces el negro, tomándose el tobillo con una mano y un muñón.

Djinn se acercó corriendo y le pidió a Diedrick una traducción. Diedrick le dijo que no se trataba de la lengua de Portugal. Pessoa lo confirmó y se apartó junto a sus hombres, actitud que Djinn imitó en el acto.

Durante un buen rato las dos tripulaciones permanecieron en absoluto silencio, desconcertadas. Habían muerto nueve holandeses y quince portugueses. La pérdida de ese número de hombres no había hecho mella en los ánimos de Pessoa y de Djinn; brutalmente, como si el cálculo de una suma de dinero mayor *per capita* a partir de la reducción de las tripulaciones fuese lo único que los ocupaba, habían arrojado los cuerpos al mar sin ninguna clase de pompa, casi con alegría. Djinn y Pessoa mandaban, pero ni por asomo se les olvidaba que cada hombre a bordo era en potencia un capitán y, de hecho, un par, un igual. Había capitanes en la nave porque no había naves sin capitanes, y era parte del acuerdo que la autoridad de éstos debía ser respetada puntillosamente si no querían que los ganase el caos. Pero el dinero de la venta de esclavos se repartía entre todos por igual. Nadie se haría rico en un abrir y cerrar de ojos, lo sabían. Sin embargo, con orden y un poco de paciencia, al cabo de unos años estarían más cerca de la riqueza que de la pobreza y el que así lo quisiese podría dejar la nave y regresar a su país. Era eso a lo que todos aspiraban, sin excepción: volver a Holanda, volver a Portugal.

Ahora, repentinamente animadas por ese deseo, las dos tripulaciones avanzaron de nuevo sobre el negro. Éste, que había girado hacia una y hacia otra (mientras holandeses y portugueses permanecían apartados y en silencio) una decena de veces con los ojos muy abiertos y la sonrisa perruna de quien aguarda los favores de un amo indeciso, los vio venir y, esta vez jocoso, repitió:

–¡Absurdo, sólo tú eres puro!

Diedrick juzgó que el guerrero había estado en contacto con traficantes, acaso belgas, acaso turcos, y que, no excluyendo el oficio de tratante ninguna de las varias inclinaciones del alma, el guerrero había topado con un filósofo o un poeta. Pero este juicio es posterior a los hechos. Diedrick no entendía una sola de las palabras que repetía el guerrero casi con fruición. Se limitó a escribir su sonido en una hoja de papel. Tiempo después conoció su significado y su origen: Turquía.

En cuanto al guerrero, a fin de hacerlo pronunciar otras palabras en esa misma lengua extraña, fue atado al palo mayor y azotado en tal forma que llegó un momento en el que su cuerpo era todo una gran llaga violeta. Si a Djinn o a Pessoa les hubiera importado menos estirar al máximo el entretenimiento de los hombres, que hacer hablar al guerrero, habrían procedido desde un comienzo como lo hicieron después: lo curaron, lo alimentaron, lo colmaron de atenciones, fue llevado del camarote de un capitán al camarote del otro una decena de veces, y, al fin, hartos ya de ese loro negro que abusaba de sus atenciones por el único mérito de unas pocas palabras dudosamente blancas, lo arrojaron de cabeza al mar.

–¡Absurdo, sólo tú eres puro! –se le oyó gritar antes de hundirse para siempre entre dos pliegues de espuma ligera.

El aullido de una risa general sobre cubierta se coló en la bodega y allí aleteó hasta apagarse como una mariposa envenenada.

En tanto que los niños podían durante el día recorrer libremente casi todo el barco, aunque pasaban la noche en el entrepuente, separados de los hombres, éstos eran sacados de la bodega una sola vez al día, a las nueve de la mañana. Entonces comían un menú consistente en arroz cocido, mijo o harina de maíz, y media pinta de agua en un cazo. Los marineros que no estaban ocupados en distribuirles las vituallas y organizarlos, permanecían en estado de alerta, algunos con las mechas encendidas junto a los cañones que, cargados con perdigones, mantenían a los esclavos enfilados hasta que terminaban de comer y bajaban de nuevo a la bodega.

La segunda comida la recibían en la bodega a las cuatro de la tarde. Todos dormían, sin cubrirse, sobre el suelo de madera, construido de planchas sin cepillar. Cuando la travesía era tempestuosa, a los esclavos no les quedaba piel en los codos, dejando el hueso al descubierto. El hedor allí adentro era insoportable, puesto que la bodega se limpiaba una vez por semana. Hasta entonces, los esclavos debían revolcarse en sus propios excrementos. El tufo a excrementos, comentaba Pessoa con malicia, debía apreciarse a "cinco millas de distancia con viento contrario".

Engrillados por los tobillos, los esclavos eran presa fácil de calambres y de toda clase de contracturas: uno ya no podía girar la cabeza, otro no podía cerrar las manos. El calor y la humedad los aplastaron como a insectos desde el primer día. El vaivén de la nave (como una bolita de vidrio en un temblor de tierra) les arrancaba gemidos idénticos al de un crujir de goznes de tablas. El hacinamiento sofocaba a unos y violentaba a otros; a los primeros les bastaba una arcada para desvanecerse, en tanto que los segundos se hacían espacio golpeando a los de al lado o amenazándolos con los dientes.

En la segunda semana de navegación habían muerto ya veintidós hombres y dos mujeres. El resto de las mujeres, a partir de entonces, recibió la misma suerte que los niños; aunque nadie podía tocarlas aún, ellas se paseaban por el barco temerosas, con los pechos hundidos, mirándolo todo de reojo.

Ukelé fue encadenado en la bodega al quinceavo día. Mientras permaneció en cubierta debió sufrir el sol y el frío de las noches igualmente abrasadores y la mirada fija, insultante, de Diedrick. Ukelé bajaba la vista. A veces veía cómo Diedrick, acuclillado frente a él, se balanceaba con la pipa entre los dientes, sin poder fijar la vista en ninguna parte, lánguido durante horas y siempre a punto de desplomarse. En tanto Diedrick se esforzaba por mantener los ojos abiertos ante Ukelé, éste lo estudiaba furtivamente y una vez se sorprendió a sí mismo pensando con espanto que el hombre de la pipa podía estar enfermo y muriéndose. Pero al sacudirse para llamar la atención de los otros blancos no consiguió más que despabilar a Diedrick, quien lo golpeó rabioso con el revés de una mano.

Al ser llevado a la bodega, Ukelé sintió el golpe de las olas en las paredes y se estremeció de horror. Las ratas, casi tan numerosas como los esclavos, les caminaban por los hombros y se deslizaban entre sus piernas con chillidos humanos. No era fácil atraparlas; apenas si había luz. Además mordían, y no solamente cuando alguien tenía la fortuna de cazarlas sino también porque sí, como si quisieran echar a los intrusos de un lugar que sólo a ellas pertenecía.

La comida de las cuatro de la tarde consistía en habas cocidas reducidas a una pasta y cubiertas con una mezcla de aceite de palma, harina, agua y ají, que los marineros llamaban "salsa babeante". La mayor parte de los esclavos detestaban las habas y, en lugar de comer aquella pasta, a menos que fuesen vigilados con cuidado, la agarraban a puñados y la tiraban a la cara de los otros. Entonces las ratas se enloquecían, saltando allá y aquí como si se tratase de un juego del que no podían dejar de participar, y arrebataban, a veces de la misma boca de los que habían aceptado, las habas con dentelladas precisas como castigo por mantenerse al margen del juego.

Había hombres de tres tribus y tres dioses en la bodega. Las invocaciones de ayuda se murmuraban regularmente, una tras otra. Allí estaban los hombres de la tribu a la que pertenecía Ukelé, allí estaban en gran número guerreros *ewes* y un centenar de *ibos*. Y nadie alzaba la voz con el nombre de su dios sobre las invocaciones de los otros dioses. Se turnaban. Así, los tres dioses, uno tras otro, producían un murmullo ininterrumpido que a lo largo de las semanas se fue haciendo insoportable para holandeses y portugueses. Con frecuencia, durante la noche, los marineros que permanecían tumbados en cubierta intentando dormir oían abajo un gemido melancólico, que expresaba extrema angustia. Sabían a qué se debía y, con un gruñido, cambiaban de posición, buscando así conciliar el sueño. Sabían a qué se debía: una vez el capitán Van Van había enviado a un intérprete, una esclava, a que se enterase de la causa de aquel gemido y entonces descubrió que los esclavos soñaban que estaban en su propio país, y se lamentaban ruidosamente cuando, al despertar, se encontraban en la bodega de un barco negrero.

Al cabo del primer mes de viaje se sacaron a cubierta los tambores, y durante todos los días de una semana, al atardecer, Ukelé y dos negros *ibos* fueron obligados a tocar y a cantar. Las mujeres, y algunos hombres escogidos al azar, danzaban, lo cual representaba una tortura para estos últimos, puesto que la mayoría tenía los miembros hinchados por la enfermedad. Los temas corrientes de las canciones eran el hambre, el temor a los golpes, el temor a ser comidos, y la remembranza de su país. En una oportunidad uno de los tamboreros saltó por la borda y se hundió como una piedra.

La violación de las mujeres era el último eslabón en la cadena de entretenimientos durante la travesía. Algunos holandeses, algunos portugueses, tenían, por así decir, la delicadeza de llevarlas aparte, pero muchos otros, portugueses en general, las poseían allí mismo, a la vista de todos. Habían esperado el momento de tomar a las mujeres con verdadera ansiedad. La larga abstinencia de casi dos meses de viaje hacia el África hacía que, ya de regreso, cada hora equivaliese a muchas horas y cada día a muchos días, y solían seguir con la vista a los capitanes cada vez que aparecían en cubierta, impacientes por dejar

atrás de una vez por todas los relatos, los tambores y las danzas. Pero, y a pesar de esa impaciencia, los riesgos del tedio eran tales que, aunque a nadie interesaban un comino los ritmos de los tamboreros negros y sus cantos, participaban en ellos con un despliegue de algarabía casi imponente, disparando sus fusiles al cielo y al mar, enloquecidos por la proximidad del placer y por el terror de que el tedio se precipitase demasiado pronto sobre la nave, tornase aún más frágil el acuerdo que los unía, minase la autoridad de los capitanes y, en fin, acabase con todos los de a bordo a partir de un roce cualquiera.

Sin embargo, en los quince últimos días de viaje los hombres no se cansaron de fornicar. Apenas un poco de aburrimiento los alcanzó, ya satisfechos, en la última semana. Diedrick comprendió entonces que la elección del capitán Van Van -Djinn- había sido sabia, pues al ser Djinn muchísimo menos feroz que Pessoa, podía, en virtud de eso y de un espíritu contemplativo y hasta sentimental (lo había sorprendido obsequiándole un collar a una de las esclavas que había violado una decena de veces), sobreponerse mejor que el portugués a los estragos del tedio. Así era como se guardaba el equilibrio. Lo que Diedrick no alcanzaba a explicarse era por qué razón, puesto que debía haber tenido alguna, el capitán Van Van había considerado ese detalle, molestándose en hacer un cálculo acerca del equilibrio de fuerzas en una nave en la que él ya no estaría.

Diedrick meditó frecuentemente en ese punto a lo largo de la última semana y no tuvo nunca siquiera el atisbo de una respuesta.

En uno y otro bando, aunque sin meterse de lleno con él, se cuchicheaban cosas sobre su carácter. A veces se lo veía en una suerte de duermevela vigilante; otras, luego de escupir con fuerza al mar -lo que hacía siempre al cabo de una de sus extensas meditaciones en busca de aquella respuesta-, se lo veía dar de improviso grandes

pasos a un lado y a otro, como embriagado de omnipoten-
cia.

Una tarde bajó a la bodega en busca de una mujer.
Estaba furioso: su pipa había desaparecido. Para colmo, un
momento antes había visto cómo el capitán Pessoa empujaba "accidentalmente" a Djinn haciéndolo caer. Y aunque
de inmediato se había disculpado y le había tendido una
mano para ayudarlo a incorporarse, lo había hecho sofo-
cando la risa –una insolencia y acaso una agresión que
podían hundir algo más que sus mejores conjeturas, había
pensado Diedrick. De modo que, dando puntapiés a diestra
y siniestra, avanzó por el estrecho espacio que dejaban
libre los negros tumbados en el suelo, llegó junto a una
jovencita de mirada huidiza y, rápidamente y sin pensar
lo que hacía, la poseyó allí mismo. Después, ajustándose el
pantalón, se deslizó hacia donde estaba Ukelé.

–¿Te molesta alguna cosa? –le preguntó.

Ukelé agachó la cabeza.

Con suavidad, Diedrick puso un dedo bajo el
mentón de Ukelé y lo obligó a mirarlo.

Después dijo en un susurro:

–Diedrick. Ése es mi nombre. Diedrick van Weerdem.

Y añadió en tono burlón:

–¿Puedo ayudarte en algo? ¿Quieres que te traiga
un poco de agua?

Soltó el mentón de Ukelé, que volvió a agachar la
cabeza, y lo golpeó en un hombro con el dorso de una
mano. Ukelé, entonces, con infinita dulzura, como si
temiese lastimarlo con su voz, y sin alzar la cabeza, dijo:

–Diedrick...

El negro que estaba junto a Ukelé aplaudió la
pronunciación del nombre, revolviéndose y haciendo
ruido con las cadenas.

Diedrick, sin moverse de donde estaba, lo abofeteó
con violencia y se dirigió de nuevo a Ukelé:

—Diedrick, muy bien. Diedrick... —se señaló a sí mismo—: Diedrick es mi nombre. Tú... —puso un dedo sobre el pecho de Ukelé.

—Ukelé —dijo éste.

—Ukelé —repitió Diedrick.

—Diedrick... Ukelé... —murmuró Ukelé y, animado por el juego, levantó la vista.

—¡Tss, tss, tss! —hizo Diedrick con la lengua—, abajo, la cabeza abajo. ¿No me entiendes, idiota, querido Ukelé? ¡Baja la vista! —gritó de pronto.

Y, tomándolo por el pelo, lo obligó a cumplir con su orden.

Después susurró:

—Así me gusta... Ukelé. Cuando estés frente a Diedrick van Weerdem debes...

Se interrumpió. En ese momento entraba un holandés trayendo de regreso a una mujer. El holandés, al ver a Diedrick, titubeó y, al fin, dijo suavemente, como un niño sorprendido en una travesura:

—Gaviotas.

Diedrick se levantó y salió.

Un grupo de gaviotas, que más bien parecían manchas blancas en el cielo rojo, permanecía suspendido y apenas inclinado sobre la nave. En la bodega, Ukelé, (mientras en cubierta Diedrick escudriñaba el horizonte en busca de la costa) las oyó chillar, y posó una mano sobre el brazo del negro que estaba a su lado. Durante varios minutos ése fue el único movimiento allí adentro. Hasta la nave misma parecía haberse detenido. Luego, de pronto, uno de los negros, presa de una gran agitación, se puso de rodillas y, lloriqueando, empezó a gritar que al fin estaban de regreso en la tierra de la que habían zarpado cuarenta y cinco días atrás, como si los hubiesen llevado a dar un paseo macabro.

La excitación corrió como pólvora encendida y se prolongó hasta la mañana siguiente, cuando la nave entró al puerto de Pernambuco. Sólo Ukelé, los enfermos y algunas mujeres permanecieron en calma. Los demás se daban palmadas, golpeaban las cadenas, nombraban a sus dioses. A pesar del alboroto, nadie, ningún hombre blanco, bajó a poner orden. Pessoa, apenas firme en lo alto del castillo de popa, giró la cabeza sobre su hombro y echó una miradita de impaciencia hacia abajo con un solo ojo y la ceja enarcada, gesto que Djinn imitó con prontitud.

Del otro lado, en la costa, el señor Van Weerdem, el padre de Diedrick, avanzaba hacia el extremo del muelle, tranquilamente, como si hubiera sabido la hora exacta de arribo del barco negrero. Atrás, a menos de cincuenta metros del muelle, dos esclavos suyos descansaban, de pie, a la sombra de una altísima palmera cuya sombra, de la copa, se proyectaba a unos diez metros al oeste del tronco. La escena, más o menos ridícula, de los negros, parados tan lejos de la palmera y no obstante a su sombra, despertó la hilaridad de un grupo de tres indios que habían sido enviados al puerto por tres señores de distintos ingenios en espera de arribos y novedades. La verdad sea dicha, los negros se habían detenido allí a una orden de su amo. ¿Qué podía importarles un poco de sombra? De cualquier modo, los indios estuvieron riéndose de los negros hasta que divisaron la nave; entonces se separaron y partieron a toda carrera.

Van Weerdem avanzaba por el muelle fumando un cigarro. De tanto en tanto, a cada chupada, se detenía, aspiraba el humo, lo estrujaba en su estómago con movimientos de serpiente, y luego, soltando una hilacha azul apenas visible, reemprendía la marcha.

Era un hombre alto y fornido y, a pesar de contar con cuarenta años en el trópico y setenta de edad, todavía ágil: cada paso suyo sobre el muelle era como un latigazo. Un sombrero de paja de ala ancha le ensombrecía la mitad de la cara, donde los ojos brillaban con un destello nervioso idéntico al de los anillos de sus manos. Eran éstos, acaso los ojos, el destello, los únicos signos de su raza que habían subsistido a una larga permanencia en el Brasil, entre indios, negros y portugueses. No sólo había adoptado, por fuerza, la lengua de Portugal, sino también la flexibilidad (en el sentido del afán de prosperidad sin trabajo, de riquezas fáciles) en detrimento del espíritu de empresa metódico y coordinado característico de su nación.

Había desembarcado en Brasil, a los diecisiete o dieciocho o diecinueve años, de una de las setenta naves de una escuadra holandesa. Casi tres décadas después, cuando los holandeses fueron expulsados por una escuadra llegada de Portugal... Van Weerdem permaneció intocado, quizá en mérito a una traición: hasta para él mismo ya era oscuro su pasado.

Van Weerdem no había llegado al extremo, como la mayoría de los portugueses (aunque en verdad hubiera sido un extremo sólo para él), de intentar recrear en el Brasil su medio de origen (puesto que habría sido imposible recrear Holanda), pero había adquirido tantas cosas de los nativos y de los portugueses que Diedrick solía pensar que su padre terminaría volviéndose negro. En efecto, de los portugueses no sólo tenía el carácter aventurero: también cedía con docilidad a las costumbres y lenguaje de indios y de negros, en la medida en que los portugueses se americanizaban o africanizaban. Hasta su piel presentaba un color trigueño, que él atribuía a un efecto del clima. Se había acostumbrado a dormir en hamaca, como los indios, y había llegado al punto de fumar y tragar el humo. Carecía, en fin, casi completamente, de ese orgullo racial, obstinado e incapaz de conciliaciones, que Diedrick admiraba en los pueblos del Norte.

Van Weerdem sacudió la cabeza y se llevó una mano sobre una oreja: había atrapado un insecto. Lo retiró con mucho cuidado y, sosteniéndolo en la yema del meñique, lo contempló un buen rato contra la limpia luz del día. Después lo dejó caer, reprimiendo un bostezo que le llenó los ojos de lágrimas.

El puerto a sus espaldas había empezado a abarrotarse de esclavos, indios y negros, de amos, señores de ingenio, y de funcionarios portugueses, uno de ellos encargado de hacer efectivo el cobro del diez por ciento de la venta del cargamento de la nave "privada". Allí estaba también Gonçalves Alencar, un hombre pequeñísimo, de piel de color de aceituna y manos de seis dedos, quien compraría la mayor parte de esclavos a un precio lo suficientemente bajo como para dejarle una ganancia de reventa en un punto de distribución no muy lejos de allí, al que los traficantes independientes no tenían acceso.

Van Weerdem observó a sus dos esclavos, firmes donde los había dejado. La sombra de la palmera se había movido unos metros, y los dos negros estaban ahora al sol. Brillaban. Los tres indios, ya de regreso con sus amos, buscaron en vano un poco más de diversión; uno de ellos, por apartarse medio metro del bangué[1] de su señor, recibió un latigazo en la espalda. Fue un latigazo mediocre y sin sonido, pero bastó para que el indio diese en el acto un paso atrás y se quedase clavado como una estaca en el sitio donde debía. Sentada en el bangué, una mujer blanca, joven y vestida con muchas telas livianas de variados colores y dibujos, posó la mano con el látigo en su regazo y murmuró algo al oído de un anciano que estaba junto a ella. Después los dos dirigieron la vista al mar. Van Weerdem, lentamente, asintiendo, los imitó.

[1]Especie de litera con techo y cortinas de cuero.

Capítulo III

El desembarco se demoró más de lo previsto, pero la venta del cargamento se efectuó en un abrir y cerrar de ojos. Al atardecer el puerto estaba otra vez desierto. Van Weerdem cruzó unas pocas palabras con Diedrick y muchas con el capitán Djinn. ¿De dónde había sacado Djinn que él, Van Weerdem, compraría esclavos en número de cien, cuando en realidad no necesitaba más de cincuenta?

–Ése era el trato con Van Van... –titubeó Djinn.

Van Weerdem sonrió:

–Pobre Van Van.

Fue todo lo que dijo.

La discusión, afortunadamente para ambos, quedó zanjada gracias a Gonçalves Alencar, el hombrecito de doce dedos. Compró esa diferencia de cincuenta negros a buen precio y se alejó refregándose las manos como una araña.

Los mellizos, que milagrosamente habían sobrevivido a la travesía, fueron adquiridos por la mujer del látigo a un precio que el tire y afloje de la subasta había elevado a su peso en oro. Por la madre, en compensación, Djinn y Pessoa aceptaron el equivalente a la mitad de una moneda.

Ukelé fue comprado por Van Weerdem a pedido de Diedrick. Ukelé era joven, robusto, sano y bien parecido. Que el esclavo fuese bien parecido hacía que su valor se elevase casi tanto como por su fortaleza o juventud. De cualquier modo, Van Weerdem, que desconfiaba de su hijo mucho más de lo que éste sabía, examinó a Ukelé con detenimiento, haciéndolo girar con suaves toques de los dedos.

Era, en verdad, una pieza preciosa. Se incorporó y lo compró, no sin antes pelear con el señor de otro ingenio, un vecino de apellido Sande, que había advertido las virtudes del negro.

Hubo dos notas conmovedoras durante la venta. La primera, conmovedora para muchos de los ya conmovidos esclavos, fue cuando el negro que en la bodega se había alegrado por el regreso a la aldea comprendió que no era así. Este negro había pisado tierra con una sonrisa. Había olfateado el aire y había mirado a su alrededor, en un primer momento, convenciéndose de lo que pensaba. El mismo aire, el mismo calor, la misma vegetación. Acaso su aldea no estuviese lejos. Después había visto otros negros, aunque vestidos, y hombres blancos, y unos hombres semidesnudos que no eran ni blancos ni negros y tenían el pelo azabache lacio y largo sobre los hombros. Luego había sido empujado hacia el centro de una especie de plaza, había sido subido a una plataforma, y había sentido el toqueteo de los hombres blancos, que lo hacían girar, gritándose entre ellos mientras unos y otros le examinaban el interior de la boca, las costillas, las axilas... Entonces, de improviso, un relámpago de inteligencia blanca le cruzó la cabeza, lo hizo apretar un sollozo entre los dientes, y cayó muerto como una piedra.

La otra nota la dio Ukelé. Sólo Van Weerdem la advirtió.

Cuando Van Weerdem ganó la puja por la adquisición de Ukelé, lo tomó por un brazo para llevarlo junto a los otros, junto a los que ya había comprado. Ukelé buscó a Diedrick con desesperación, girando la cabeza a un lado y a otro, y no lo vio. Van Weerdem sintió la

agitación del negro y lo palmeó en la espalda, como quien trata de calmar a una bestia. Entonces Ukelé vio que Diedrick estaba justamente allí hacia donde él era conducido. Todos sus músculos se relajaron. Y dijo en un murmullo:

—Diedrick...

Van Weerdem frunció el ceño, sólo eso. Era la segunda vez que fruncía el ceño en un mismo día. Dejó al negro y volvió a la venta.

Diedrick había cargado en el carro de su padre el tambor de Ukelé. Al venderse el último negro, fue al encuentro de Djinn y le tendió la mano, preguntándole si estaba satisfecho.

—En absoluto —respondió Djinn.

Diedrick volvió a preguntar:

—¿Sí en absoluto, o no en absoluto?

—Eso digo —respondió Djinn apretando con mano nerviosa la bolsa con el dinero atada a su cintura.

Diedrick lo dejó y fue al encuentro de Pessoa, quien en dos oportunidades lo sorprendió como a un niño. Junto al capitán portugués había un negro encorvado que miraba fijo a ninguna parte con ojos saltones.

—Nadie lo quiso comprar —dijo Pessoa—. Y con razón: tiene dos costillas rotas.

—Es extraño...

—No. Se las debe haber roto cuando nos atacaron, allá. Lo extraño es que haya llegado vivo y que haya sorteado nuestra inspección.

—¿Y qué va a hacer con él?

Pessoa pensó un momento. Después dijo:

—Si vive, lo llevo de nuevo al África. Si cuando llega al África está curado, lo traigo de vuelta y lo vendo.

—Un negro viajero —comentó Diedrick.

—Un negro viajero —repitió Pessoa, y añadió algo en voz muy baja.

Pessoa carraspeó.

–¿Cómo?

–Bueno, que me gustaría establecerme –dijo.

–¿Allá? –bromeó Diedrick.

–No –dijo Pessoa, muy serio–. Acá –y señaló al Brasil con un dedo hacia abajo.

–¿Y el barco?

–Creo que con el gordo alcanza –dijo Pessoa, refiriéndose a Djinn.

Los dos quedaron un momento en silencio. Luego, de pronto, Pessoa soltó una carcajada y, golpeando a Diedrick en la espalda con la palma de una mano, dijo en un susurro:

–No me hagas caso. Hablo por hablar. ¡Soy hombre de mar! Tanto que cada vez que piso tierra deliro un poco.

Diedrick, entonces, pensó que había sido Pessoa el ladrón de su pipa y su frasco de droga. Seguramente lo había espiado (aunque él, durante las travesías de ida y vuelta, fumaba a veces delante de todo el mundo, en cubierta) y conocía el modo de consumirla. Pensó que ahora, a Pessoa, rígido frente a él, la tierra debía estar bendiciéndolo con un bamboleo de mar adentro, como acunándolo.

Esperó a que Pessoa le confesara el hurto y se ofreciera a comprarle otro frasco. Pero al fin, viendo que el capitán no estaba dispuesto a rebajarse de ese modo, le dio la mano y se marchó. ¿Volvería a verlo? Probablemente no, ni a él ni a Djinn. E imaginó cómo Pessoa, una vez en alta mar, desprovisto de su "medicina", atacaba a Djinn, desatando un desastre a bordo. Acaso el negro de las costillas rotas fuese el único sobreviviente, acaso lograse llevar la nave al África, acaso los de su tribu se comiesen ese medio centenar de cuerpos, frescos y firmes por obra de la tensión de sus almas, almas que no los abandonarían sino bajo la forma de satisfechos gases caníbales.

Gases caníbales.

Djinn no entendió por qué Diedrick, al pasar a su lado, volvió a despedirse, y mucho menos el motivo de su risa.

Esa noche se durmió poco en la senzala.[2] La llegada del nuevo contingente de esclavos (ocho mujeres y cuarenta y dos hombres) acaparó la atención de los que ya había allí, quince mujeres y sesenta hombres, incluidos cinco niños, que fueron los últimos en dormirse. La senzala estaba al fondo de la casa-grande (morada del señor Van Weerdem y de los suyos) y era una construcción en forma de chorizo, con dos puertas, muy separadas una de la otra, y ninguna ventana, donde los esclavos se apiñaban como animales.

Había de todo entre ellos. Unos hablaban lenguas *bantú*, otros *haussa*, otros *nagó*. La mayoría hablaba el dialecto *yoruba*. Había entre ellos negros de raza blanca o *felatas*, gentes de color cobrizo abermejado y cabellos ligeramente ondulados. Había algún negro rojizo, otro de color chocolate, otro retinto, otro de nariz prominente y afilada, con cierto parecido a los europeos.

El tambor de Ukelé fue la gran atracción de la noche. No porque no hubiese tambores entre ellos; les llamaba la atención la "cortesía" de los traficantes, que habían traído al negro con su tambor.

Este hecho pareció molestar a dos negros que hablaban los dialectos y lenguas de todos allí dentro. Uno de ellos, bautizado Sergio, y el otro, Joao, se le acercaron y, con malas maneras y tono autoritario, requirieron de Ukelé una descripción pormenorizada de los sucesos del traslado. Ukelé se arrepintió en el acto de haber contado que los primeros días de viaje los había hecho sobre cubierta, pues la insistencia de Sergio y Joao se le hizo poco menos que insoportable.

[2]Viviendas de los esclavos.

Esa noche contó tres veces lo mismo, hasta que otro de los negros que había sido atado al palo mayor tuvo la ocurrencia de añadir un suceso de su invención; Sergio y Joao se lo llevaron aparte y lo tuvieron hasta altas horas de la noche relatando la travesía, azuzados por la gran cantidad de pormenores que el negro inventaba para congraciarse con ellos y acaso para satisfacerlos de una vez por todas. La única pregunta que les hizo el negro parlanchín fue si los hombres blancos se los iban a comer.

Allí, en la intimidad de la senzala, aprendió Ukelé un buen número de palabras portuguesas y los límites de lo que debía y no debía hacer. Allí supo que Diedrick también se llamaba El Ácido. Supo que algunos esclavos se atrevían a huir, que los amos los mandaban cazar, y que los que al fin conseguían librarse se llegaban hasta una inmensa aldea de indios y de negros llamada palenque. Y en la senzala, Ukelé fue perdiendo poco a poco el gusto de hablar.

La misma noche de su llegada conoció al hermano de Diedrick.

La senzala era un alboroto cuando entró. Se llamaba Jan y era muy parecido a Diedrick, excepto por el color del pelo. Tenía el mismo azul en los ojos, la misma nariz, los mismos labios, pero sus rasgos daban la sensación de haber sido levemente sacudidos, como un dibujo de arena por la brisa. Los ojos tenían risa propia, una risa fija y sin pausa, y por entre los labios abiertos alcanzaba a verse una masa de saliva espesa y casi compacta que Jan masticaba como si se tratase de una bola de pan. Lo acompañaba un indio al que algunos saludaron con el nombre de Sabino y que era el encargado de echar llave a las puertas por las noches. Sabino estaba armado con un arcabuz.

Una negra gorda, con las mejillas infladas y los ojos perdidos entre los pliegues de la cara, se dirigió al hermano de Diedrick con dulzura y picardía. Alzó un dedo en señal de advertencia y dijo:

–Una sola vez, Jan. ¿De acuerdo? ¿Me oyes, Jan? Sólo una vez.

Jan asintió con un movimiento exagerado de la cabeza y, gruñendo una serie de monosílabos de pastosa felicidad, siguió a la negra hasta un barril que ella llamó "tigre".[3]

En la oscuridad de la senzala se oyeron varias risitas maliciosas. Sabino también reía, a pesar de que el hecho se repetía a diario. Jan apoyó las manos en los bordes del barril, miró a su alrededor con un giro desarticulado de la cabeza y, de golpe, como si hubiese esperado mucho tiempo ese momento, metió la cabeza en el barril y aspiró, aspiró largamente, con un placer tan evidente que parecía lleno de conciencia y de razón. Después sacó la nariz del interior del barril y, sin soltar el aire, guardándolo como si hubiese cargado sus pulmones con las partículas de un exquisito tesoro, salió de la senzala agradeciendo con un estúpido movimiento de las cejas arriba y abajo.

La casa-grande, completada por la senzala, representaba todo un sistema de producción, de trabajo, de religión, de vida sexual y de familia, de higiene. Era, además, fortaleza, banco, cementerio, hospedería. Su arquitectura era maciza y horizontal. Tenía dos cocinas enormes, vastísimos corredores, diez cuartos para hijos y huéspedes, una capilla, galería, y hasta un gineceo.

Allí vivían Diedrick, Jan, el señor Van Weerdem, seis caseras mulatas, el indio Sabino, el capataz Soares, que dirigía el trabajo de los esclavos en las plantaciones de caña, y un capellán de apellido Amarante. Cuatro indios

---

[3] Así se denominaba a un barril en el que eran acumulados los servicios higiénicos. Cuando se llenaba, un esclavo lo llevaba hasta el arroyo o río más cercano y lo descargaba.

fieles y armados al mando de Soares dormían en un extremo de la senzala, separados de los esclavos por una gruesa pared de piedra.

Las paredes de la casa-grande eran de piedra y cal, y el techado pendiente (en un máximo de protección contra el sol y las lluvias) era en parte de paja y en parte de teja vana. Había una gran cantidad de insectos y de alimañas en los techos. Las serpientes se descolgaban por las noches sobre la cama, se deslizaban dentro de las botas, y había que tener mucho cuidado por las mañanas antes de calzarse. En la galería había numerosas jaulas de papagayos, que animaban la vida de familia y estaban tan bien educados que raramente chillaban dos al mismo tiempo.

De la educación de los papagayos se había encargado el capellán, quien se jactaba de que estando al servicio en un ingenio de Gaypió, había venido un mono a pedirle la bendición.

Al capellán se le respetaba y obedecía a pie juntillas en lo concerniente a sus asuntos. Incluso cuando ordenaba a las mujeres estériles levantarse las enaguas y refregarse en las piernas de San Gonzalo de Amarante. Y ellas, en efecto, quedaban pronto embarazadas. No era la suya una religión dramáticamente católica, sino una liturgia más bien social que religiosa, un suave cristianismo con reminiscencias de las religiones paganas: los santos y los ángeles a quienes sólo faltaba tornarse de carne y hueso y bajar de los altares a bailar en los días de fiesta.

Pronto supo Ukelé que había ido a parar a una de las casas-grandes más sólidamente arrogantes y, aun así, menos crueles de muchas capitanías a la redonda. El capellán conservaba intacta la costumbre medieval de tañer una señal a las horas de la comida para avisar al viajero o al que ambula por los campos que podía llegarse a esa mesa hospitalaria. Jamás Van Weerdem rechazaba a nadie ni le preguntaba siquiera quién era. Por otra parte, los muros de la casa (gruesos, feos y fuertes), no tenían en los cimientos huesos de esclavos, tal como se comentaba del solar de los barones de Mercés: que habían mandado matar a dos esclavos para que se los enterrase en los cimientos de la casa, a fin de proporcionarles consistencia.

A menudo, las relaciones de los negros y los indios con Van Weerdem oscilaban de la situación de esclavo a la de protegido e incluso a la de arrimado o pariente. Protegidos eran los cuatro indios fieles y armados y las seis caseras mulatas; pariente era el indio Sabino, y no sólo por estar encargado del cuidado de Jan ni por ser el hermano menor de aquella que fuera madre de Diedrick, sino también, y principalmente, porque algunas de las características de los de su raza, que los hacen menos compatibles con la condición servil (su ociosidad, su aversión al esfuerzo disciplinado, su imprevisión), se ajustaban en él mucho más y mejor que en ningún otro a los patrones de vida tradicionales de las clases nobles. Dormía en hamaca, pero con sábana. A veces le hablaba a Jan de las rutas del cielo, indicándole cuáles eran las estrellas que llevaban hacia tal capitanía, o desembocadura, o monte; hacía mucho tiempo ya que en la casa-grande se habían resignado a no pedirle nada que no tuviese que ver con Jan o con las llaves de la senzala: Sabino había llegado al extremo de chasquear los dedos solicitando la presencia del servicio doméstico cada vez que algo se le caía al suelo. Así era Sabino.

No era odiado en la senzala. Tampoco odiaban al capellán, aunque de éste les molestaba que los obligase a ponerse en orden uno tras el otro con las manos elevadas y a decir, en coro, *Ora pro nobis.* Las caseras eran cristianas y envidiadas: muchos, no solamente mujeres, querían ocupar ese lugar. Ellas participaban frecuentemente de las rondas de cuentos en el interior de la senzala, de los bailes en los días de fiesta, y en no pocas ocasiones se turnaban para llevarles, una por vez, a escondidas de Diedrick y del capataz más que del señor, jalea de arazá o de guayaba.

El señor, por su parte, era el señor. La autoridad. Cuidaba su capital: los esclavos, que eran menos hombres que unidades de trabajo. La bondad y la crueldad se convertían en simples partidas del balance financiero, así como iban a la cuenta de pérdidas y ganancias los nacimientos y defunciones. Van Weerdem los cuidaba: los alimentaba bien, les otorgaba un día de descanso a la semana –los domingos–, y estimulaba entre ellos la intimidad. Los esclavos más viejos le contaron a Ukelé cómo en otra época el señor Van Weerdem hacía entrar en la casa a una pareja de esclavos y los tenía encerrados en una habitación durante dos, tres y hasta cuatro días, prodigándoles toda clase de atenciones, a fin de multiplicar el rebaño. Con el tiempo había tenido que dejar de lado ese método, porque, obsesionados con el premio, no había esclavo que no se fingiese enamorado, y el rendimiento en los trabajos del ingenio caía en picada. Los cuatro indios, siguiendo el ejemplo y las órdenes del capataz Soares, debían azotarlos con verdadera fiereza para hacerlos desistir de sus poses melancólicas, sus brazos débiles, sus lentos parpadeos.

A éstos sí que los odiaban. A los indios, al capataz Soares y a Diedrick. En la senzala había como un erizamiento general cada vez que alguien los nombraba. Sergio y Joao eran los más decididos: bastaba una mención de los indios, del capataz o de Diedrick, para que se irguiesen y empezasen a cuchichear al oído de muchos de allí dentro en varios dialectos, deslizándose en cuclillas de uno a otro con agilidad de monos.

Fueron necesarios seis meses para que alguno de los del nuevo contingente de esclavos se hiciese acreedor al mensaje de aquellos cuchicheos. Así se enteró Ukelé de que Sergio y Joao planeaban una rebelión. Joao mostró diez lanzas que él y Sergio guardaban en un pozo cubierto con tablas, en un momento en el que sólo unos pocos miraban, todos al tanto del plan. El plan culminaba con la toma de una embarcación y el regreso al África.

La visión de las lanzas enardeció a los esclavos, y los chistidos pidiendo silencio se multiplicaron como chicharras. Eran lanzas de puntas denticuladas con canales longitudinales para el veneno. El veneno se conseguía a base de ponzoña de serpiente putrefacta y macerada en un líquido albuminoso, verdadero caldo de cultivo, y en estiércol de caballo. Todos en la casa-grande debían morir, incluso Jan. Luego, amparados por la noche, y habiendo tomado los arcabuces y fusiles de la familia, marcharían hacia el puerto.

Ukelé no dijo nada; permaneció entre los suyos hasta que los ánimos se calmaron y luego se apartó y ensayó sobre su cuerpo, con tímidos golpes de las manos, el sonido de los tambores de su tribu.

CAPÍTULO IV

Un viajero del Extremo Oriente había enseñado a Diedrick el cultivo de la adormidera. Nadie, ni su padre, sabía en qué lugar había Diedrick mullido la tierra y sembrado los granos remojados. Varias veces al año, Van Weerdem y el capellán lo veían partir. Diedrick regresaba unos días después para dedicarse de lleno a su tarea.

Era sencillo. Diedrick aguardaba a que el tallo, al brotar, se ramificase en tres o cuatro ramitas, cada una de las cuales llevaba una cabeza ovoide. Cuando las flores se abrían, y una vez que las cápsulas habían cambiado de color, tirando al amarillo, Diedrick recogía los pétalos antes de que cayesen, los calentaba ligeramente y los agrupaba en hojas que le servirían para envolver los panes de opio bruto. Cuatro o cinco días antes de la recogida de los pétalos, al ponerse el sol, hacía en las cabezas dos o tres pequeñas incisiones verticales, desde la base hasta la parte superior, paralelas a las nervaduras. De ellas salía un látex blanco lechoso que se espesaba y oxidaba tomando un color moreno. Al día siguiente, al alba, despegaba del tallo el jugo y lo colocaba en vasijas que exponía al sol a fin de obtener una ligera desecación. Por último, debía refinar el opio bruto en *chandoo* para fumarlo, al que añadía una molienda de mandrágora.

Van Weerdem, el capellán, las caseras, lo miraban hacer, pendientes de su trabajo minucioso. Una vez listo, Diedrick se encerraba en su habitación, encendía una lámpara de aceite y, hundiendo en el bote de *chandoo* una fina aguja de veinte centímetros de largo, sacaba de él una bolita que acercaba a la llama de la lámpara y hacía girar como si fuese un asador. La bolita hacía un ruido estridente, se fundía, tomaba la forma redondeada de una lágrima deshecha y empezaba a despedir un olor insulso y adherente. Diedrick la metía entonces en la cazoleta de la pipa y, echándose sobre el lado izquierdo en la cama, volvía boca abajo la cazoleta sobre la llama de la lámpara y aspiraba dos o tres largas bocanadas sin tomar aliento...

Inmediatamente las moscas se ponían a revolotear en torno del hornillo; los insectos del mosquitero, ebrios de humo de adormidera, relajaban sus ventosas y caían al suelo; los ratones aguardaban con paciencia a que Diedrick se durmiese para acercarse a roer los residuos de su pipa. Hasta las arañas, habiendo descubierto los gozos de la droga, hacían turno, embelesadas.

Pero rara vez para desgracia de los ratones se quedaba dormido: empapado de su paraíso artificial, andaba de aquí para allá chisporroteando más violencia que ensueño.

Los esclavos, que trabajaban de sol a sol, lo veían de cuando en cuando aparecer en la plantación y, mientras unas veces se quedaba allí de pie mirando fijo a ninguna parte, con los brazos caídos y los párpados a media asta, otras veces ordenaba azotarlos, pues todo a su alrededor le parecía insoportablemente lento.

Los esclavos habían sido bautizados con nombres cristianos que nadie en la casa-grande recordaba, ni siquiera el capellán. Eran los esclavos mismos quienes debían presentarse por sus nuevos nombres cada vez que deseaban pedir algo, o al término de un castigo. Así, solía oírse:

—Joao ruega al señor que...

—Joao promete no volver a...

Cincuenta, por lo menos, eran los esclavos llamados Joao. Ukelé era el único al que se le permitía llamarse Ukelé. El capellán lo había bautizado Mario, pero como Diedrick lo había nombrado Ukelé en varias oportunidades ya nadie lo llamaba de otra forma... excepto los esclavos, principalmente Sergio y Joao. Éstos eran los aristócratas de la senzala: eran los más fuertes y los más ocurrentes. Y, así como a ellos les habían cambiado los nombres, ellos habían puesto nuevos nombres a los señores, no permitiendo a nadie en la senzala que los nombrase de otro modo. Van Weerdem era "El Barba", Diedrick era "El Ácido", el capellán era "Adorador de un Leño", Jan era "Nariz Enferma", el capataz era "Gran Panza Peluda", los indios eran "Piel Mal Lavada". Y Ukelé era "Mario".

Lo llamaban Mario en tono de burla, y con una pizca de resentimiento. Pero no lo malquerían. Lo consideraban inteligente, aunque nunca o casi nunca hablaba ni reía, y, además, osado, puesto que se había ofrecido como vanguardia el día de la rebelión, para matar a El Ácido. Sergio y Joao confiaban en que, una vez eliminado El Ácido, sería cosa de niños terminar con el señor Van Weerdem, el capellán y el capataz. Los Piel Mal Lavada, sin el látigo de Soares, sin el salario del señor y ante la inmejorable oportunidad de ser también ellos libres, optarían por huir. Pero debían ser muertos. Incluso, quizá, antes que El Ácido.

Los detalles de la rebelión se discutieron durante mucho tiempo. No todos en la senzala estaban al tanto. Sergio y Joao eran cuidadosos en ese sentido, y a veces pasaban semanas enteras sin mencionar el asunto. Pero Ukelé sabía que, cualquiera que fuese el número de días que se demorase el asalto, la decisión estaba tomada. Debía estar alerta.

Una tarde se encontraba en la plantación cuando vio en la hoja del machete el reflejo de la cara de Diedrick. Hacía diez horas que trabajaba sin respiro; el sol le picoteaba la cabeza y el cuerpo, las moscas se le metían en las orejas, en los ojos, en la nariz. No lo había oído llegar. Levantó la vista y lo miró. Diedrick se sostenía a duras penas sobre los pies, bamboleándose lentamente con la pipa entre los dientes y una mano metida entre dos botones de la camisa.

Ukelé bajó la vista y oyó un gruñido. Diedrick adelantó una pierna, luego la otra.

Ukelé, instintivamente, hundió la cabeza entre los hombros y, de reojo, vio cómo Diedrick sacaba la mano de la camisa, la alzaba, floja en el aire espeso, y la dejaba caer sin fuerza sobre su cabeza.

–¡Bah! –dijo después.

Se dio vuelta y se alejó poco a poco.

Uno de los indios, que había observado la escena, lo alcanzó y le preguntó si quería que castigase al insolente.

Diedrick tuvo que esforzarse para mirar fijo a los ojos del indio. Después, sorpresivamente, le lanzó a la cara un abultado y certero escupitajo. Y se marchó.

Cuando Diedrick estuvo ya lo suficientemente lejos para no verlo, el indio fue hasta donde estaba Ukelé y, con saña, lo azotó, el escupitajo todavía colgando de una ceja.

El capataz Soares llegó a la carrera, empujó al indio y, tan irritado como agitado por la distancia que había debido recorrer bajo el fuego del sol, azotó a uno y a otro hasta quedarse sin aire.

El episodio resultó desafortunado porque llamó la atención del capataz sobre Ukelé. A partir de entonces –estaban en época de corte de caña y de molienda–, el capataz Soares lo obligó a cortar más de quinientas arrobas[4] de caña diariamente, vigilándolo de cerca.

___

[4] Quinientas arrobas= 5000 kg.

Sergio y Joao, alarmados por la actitud de Diedrick (que en lugar de castigar a Ukelé había humillado al capataz), le robaron durante días buena parte de las cuatro o cinco horas de sueño de que disponía a fin de medir el alcance que en su espíritu había tenido la actitud de Diedrick, pues temían que Ukelé, llegado el momento, se apiadara de quien una vez lo había perdonado. Pero Ukelé se mantuvo firme en su deseo de hacerse cargo de El Ácido, y Sergio y Joao lo dejaron en paz.

Ukelé no tardó en advertir que la rebelión se demoraba, no tanto por la indecisión de sus líderes y las dudas que éstos encontraban entre los suyos, como por la monótona igualdad de los días. En efecto, a las cuatro y treinta antemeridiano un negro viejo tocaba nueve campanazos. Los esclavos se tenían que levantar enseguida. A las seis antemeridiano tocaban otra campana y había que formarse en un terreno fuera de la senzala, los varones a un lado y las mujeres al otro. Después partían para el campo y trabajaban hasta las once de la mañana, hora en que comían tasajo, viandas y pan. Luego se volvía al trabajo hasta la caída del sol, se decían las oraciones, y a las ocho y treinta se tocaba la última campana que se llamaba "el silencio" para irse a dormir.

Esa monotonía era tan agobiante como el esfuerzo mismo: deprimía, embotaba los sentidos. Detrás de la senzala los esclavos tenían pequeños pedazos de tierra para sembrar calabaza, maíz, yuca y maní. A veces uno de los esclavos comprometidos se encontraba allí con Sergio y con Joao, pero las palabras de éstos no tenían la misma presencia que, en la memoria del esclavo, la próxima campana de las cuatro y treinta antemeridiano.

Los domingos eran los días alegres en el ingenio. Los esclavos se levantaban con una energía que ni a ellos mismos dejaba de asombrar. Los varones se ponían la ropa del trabajo y pañuelos de colores en la frente y en la cintura, y las mujeres unos vestidos de sayuela blanca y argollas en las orejas. Al mediodía ya empezaban a sonar los tambores; Ukelé tocaba el tambor mayor, llamado *Lé*, y otros dos negros los menores, el *Rum* y el *Rumpí.* Los bailes llamaban la atención a los señores, les gustaban, y cada domingo todos menos Diedrick y los indios participaban en ellos, bailando o cantando o simplemente batiendo palmas.

Se bailaban muchas danzas, puesto que había gente de distintos lugares. Una de ellas se llamaba *batuque* y consistía en un círculo formado por los bailarines, en cuyo centro se colocaba un negro o una negra, quienes, después de ejecutar varios pasos, daban una *embigada* a la persona elegida, la cual pasaba al centro del círculo para sustituirla. La *embigada* era un golpe de la pelvis o de la frente.

El bailarín agitaba las caderas, hacía chasquear la lengua y los dedos, acompañándose por un canto monótono que repetían los que formaban el círculo. Las poesías se referían a pormenores de las faenas en las plantaciones y al señor o al capataz, que solían fruncir el ceño, desconfiados, cuando eran dichas en lenguas africanas.

> *Batuque en la cocina*
> *el señor no quiere.*
> *Por causa del batuque*
> *me quemé el pie.*

Por la tarde, luego de muchas horas de bailar y cantar, llegaba el momento de ir a bañarse. Allí, en el agua, era donde más les gustaba a las negras encontrarse con los negros. El capataz Soares tenía orden de no molestar, vigilando de lejos. Por su parte, los domingos era el día en que Sergio y Joao encontraban menos eco y, aunque participaban con gusto de los cantos y los bailes, sobre el final del día se los veía enfurruñados, disparando con sus navajas destellos sobre la selva invulnerable. Eran navajas de peluquero, y ellos los encargados de tusar a los esclavos. Les gustaba hacerlo. Los pelaban como quien pela a un caballo.

La rebelión no tuvo lugar sino hasta un año después de la llegada de Ukelé al ingenio. Durante ese tiempo estuvo a un paso de estallar en dos oportunidades: la primera fue cuando a un negro se le dio por escapar.

Era domingo y la mayor parte de los esclavos estaba en el arroyo. El capataz Soares cabeceaba adormilado pero de pie en lo alto de una gran roca negra. Entre matas y arbustos, allá y aquí, se escondían las parejas; los indios los vigilaban, más con el oído, por las risitas y arrumacos, que con la vista. El calor trazaba en el aire figuras extrañas, el rumor del agua y las salpicaduras entretenían a los negros "solteros" con su música melancólica. Y de pronto se oyó la voz áspera del capataz:

–¡Allá!

Eso fue todo lo que dijo y bastó para ocasionar un revuelo.

Algunos, pocos, alcanzaron a ver unas piernas negras y ágiles que a los saltos se perdían en la espesura del monte. Los indios y el capataz hicieron algunos disparos y luego se lanzaron a la carrera tras los pasos del fugitivo.

Sergio y Joao se miraron por un instante, serios. Después, los dos a un tiempo, midieron la distancia que los separaba de la senzala.

Ukelé sintió que un temblor involuntario lo sacudía como a una hoja cuando empezaron a gritar las instrucciones: correr hasta la senzala, tomar las lanzas, atacar la casa de los señores. Los esclavos se quedaron un momento inmóviles hasta que al fin, como si la selva cercana hubiese escupido fieras comehombres sobre ellos, se echaron a correr tras la vanguardia que formaban Sergio, Joao, Ukelé y un puñado de guerreros ululantes.

Pero al llegar a los muros de la casa-grande recibieron dos sorpresas. La primera, que el señor Van Weerdem, Diedrick y el capellán, alertados por los disparos, salían a caballo: se les iban de las manos. La segunda –lo que terminó de improviso con la moral de los rebeldes- fue el tono de pacífica reconvención del capellán, quien dijo:

–Muy bien, así me gusta. Vayan entrando. Vayan, vayan...

Sergio y Joao giraron las cabezas hacia el punto donde el fugitivo se había perdido y de allí vieron salir al capataz Soares, solo y gesticulando con furia. Los indios regresaron unas horas después. No habían logrado darle alcance, y la noche en la selva entraña riesgos de muerte.

Al otro día muy temprano se hizo presente en la casa-grande un mestizo alto, flaco y nervioso, llamado O Aleijadinho, "El Lisiadito". Era un famoso cazador de esclavos fugitivos. Se decía de él que nunca los párpados le habían cubierto las pupilas, ni ebrio ni dormido. Los negros estaban formados afuera de la senzala cuando llegó El Lisiadito, y en los quince minutos que duró su entrevista con el señor Van Weerdem no lo vieron parpadear siquiera una vez. El Lisiadito estaba armado hasta los dientes, hablaba con una voz suave y aguda a la vez, como un silbido, y parecía jactarse del garfio plateado en el que terminaba su brazo izquierdo: lo adelantaba, señalaba con él, se lo acariciaba con la mano sana. Estaba acompañado por otros dos mulatos que, un poco apartados de él y del señor Van Weerdem, sujetaban, cada uno, tirando de las correas, dos perros diabólicos, de finas orejas erectas y mandíbulas apretadas, tensas, que gruñían a las filas de negros, mirándolos uno por uno con tan fiera inteligencia que los negros bajaban la vista. Eran perros adiestrados, y nada en ellos infundía tanto temor como las armaduras fabricadas con pieles de animales con las que estaban protegidos.

Tres días después regresaron trayendo al negro, cobraron la recompensa y se marcharon. Diedrick se encargó personalmente de los azotes, arrancándole decenas de tiritas de piel de los hombros y de la espalda. Finalmente, los señores pusieron al negro en un cepo y allí lo dejaron durante dos largas semanas.

La segunda vez que estuvo por empezar la rebelión fue a causa de los celos y tomó a todos por sorpresa en la senzala. Ya habían confirmado Sergio y Joao que la rebelión no debía ser espontánea sino que debía obedecer a un plan y habían aprendido que a nadie en la casa-grande se le debía dejar tiempo suficiente para que pronunciase una sola palabra. Pero de nuevo estuvieron a punto de ser presa de uno de los pocos acontecimientos que rompían con el agobio de la monotonía.

Muchos de los niños de la senzala eran mestizos. Por allí habían andado, a lo largo de los años, el señor Van Weerdem, Diedrick, el capataz, alguna que otra visita y más que ninguno el capellán. El señor Van Weerdem, desde el nacimiento de Jan, desde que se le hizo evidente la idiotez de Jan, no había tenido más consideraciones con los niños pálidos que meterlos en la casa para que le espantaran las moscas durante las comidas y mandarlos de vuelta a la senzala por las noches. Jan era hijo de una mujer blanca de la que Van Weerdem no quería acordarse; Diedrick, de una india a la que había sabido querer y a la que no podía olvidar. Ahora, para satisfacer sus apetitos sexuales, no menguados por la edad, le bastaba con las caseras, que, por otra parte, eran las mejores. Podía ser más cruel que el mismo Lisiadito si alguien les llegaba a poner una mano encima.

Diedrick no incursionaba más que unas pocas veces al mes en la senzala. Entonces, elegía con un gesto aburrido del dedo y se llevaba por diez o quince minutos una negra distinta cada vez. Pero en las últimas semanas se había prendado de una negra joven y elegante que le daba la impresión de haber crecido de golpe (tenía trece años) y se la llevaba todas las noches, justo un momento antes de que Jan tomara su ración de heces y Sabino cerrase la puerta con llave.

Un esclavo de nombre Cazuza se había enamorado de esta negra, y ella le correspondía. Cada vez que Diedrick se llevaba a su enamorada, Cazuza no hacía más que agachar la cabeza y empezar un sollozo entrecortado y tan lleno de orgullo que había que cuidarse de consolarlo.

La situación de Cazuza inundaba la senzala de una tensión extraordinaria, serena en su violencia. Cada noche entraba Diedrick en busca de la negra, y cada noche tardaba Cazuza un poco más en soltarla. Alguna vez, Diedrick lo abofeteó por esa demora, en la que entendía menos una falta de respeto que un insulto a su autoridad. Y una noche, Cazuza, armado con un palo, esperó junto a la puerta la llegada de Diedrick. Fueron inútiles todos los intentos por disuadirlo. Además, Sergio y Joao lo apoyaban. Pero fue Jan el que cayó...

Sabino entró un momento después, alarmado por el ruido del golpe y el griterío de la sorpresa. Jan estaba tumbado boca arriba con la frente abierta en dos, la sangre brotando de la herida con tanta fuerza que incluso hacía espuma. Cazuza había soltado el palo y se había pegado de espaldas a la pared del fondo, con la cara entre las manos. Su enamorada apretaba los ojos con fuerza, como si el hecho de mantenerlos bien cerrados la volviese invisible.

Fue entonces cuando Sergio y Joao dieron la orden, esta vez susurrada, aunque enérgica de atacar, y, contradiciendo la experiencia que sentían haber ganado, se abalanzaron sobre las lanzas.

Nadie los siguió.

Era lógico: ahí estaba Diedrick.

Sergio y Joao arañaban el suelo en busca de las lanzas cuando Diedrick hizo un disparo al aire, al techo.

Todo se detuvo. Apenas si Sergio y Joao corrigieron un tanto la posición de sus cuerpos en un intento por disfrazar la acción que llevaban a cabo. Hasta el fogonazo del fusil quedó largo rato demorado en la oscuridad. Sabino y Ukelé sacaron a Jan.

Diedrick empujó a Ukelé, obligándolo a entrar, y luego prendió a Cazuza (señalado por Sabino como el autor de la agresión) y lo condujo hasta el cepo con cínica suavidad, tocándolo con la punta de los dedos y de vez en vez acariciándole la cabeza rapada. Recién entonces se apagó en la senzala el fogonazo del disparo.

A pesar de la experiencia, de las previsiones, la rebelión estalló de improviso y en el momento en que sus líderes y los negros comprometidos se encontraban en posiciones inmejorables, como piezas de ajedrez en un tablero sobre el que revolotease, ante la mirada indiferente de uno de los contrincantes, la indiferente mano del vencedor.

Jan, la frente ya cicatrizada, había aspirado su dosis diaria del barril y cruzaba el patio paso a paso, el pecho henchido, las mejillas inflamadas. Sabino caminaba a su lado haciendo tintinear las llaves.

Había luna. Esa tarde Diedrick se había despertado con un salto en mitad de una siesta, había salido disparado hacia la plantación y había golpeado a Ukelé en la boca del estómago. Fue un único golpe y Ukelé había quedado tendido, retorciéndose sin aire. Diedrick se frotó el puño, dio media vuelta y volvió a la casa. Había soñado que Ukelé "lo compadecía" como a un criminal.

Había luna. El capellán y el señor Van Weerdem cenaban, uno en cada punta de la mesa. Un niño los abanicaba. Discutían el caso de Bernardo Vieira de Melo, quien, sospechando que su nuera era adúltera, la había condenado a muerte en un consejo de familia y había mandado ejecutar la sentencia sin que la justicia diera un solo paso para impedir el homicidio.

Afuera, en la galería, con la pipa entre los dientes, Diedrick jugaba con una pequeña lagartija rosada a la que había atrapado con un movimiento rápido de la pierna izquierda: la lagartija, con la cola apretada por la punta de la bota de Diedrick, se retorcía a un lado y a otro sin poder liberarse y emitía un chillido agudo y entrecortado que Diedrick, divertido, imitaba con éxito. A su lado estaba Ukelé. Luego del castigo que le había dado Diedrick, el capataz Soares (interpretando los hechos) lo había mandado a pintar con cal las doce columnas de la galería, que a la luz de la luna ya empezaban a contrastar con el resto de la casa.

Diedrick, siervo de su pipa, estaba flaco como una vara de mimbre, aunque todavía fuerte y, en esos instantes de silencio en los que el mundo entero parece detenerse o demorarse, quien estuviese junto a él, como ahora estaba Ukelé, podía oír el golpeteo afónico de su corazón alarmado. Cuando, al fin, la lagartija optó por desprenderse de su cola y huyó, Diedrick, asombrado por el fenómeno, dio un paso hacia Ukelé con los ojos muy abiertos y Ukelé pudo contemplar, al precio de una bofetada suave, casi amistosa, el color amarillento al que había virado su piel.

Desde un tiempo a esta parte, los indios eran los últimos en acostarse; hasta la medianoche, hora en que al fin podían ir a tirarse en las hamacas de la senzala, debían permanecer alerta en los cuartos del fondo de la casa, cuidando el sueño de los señores. El capataz Soares se había levantado de la mesa para comprobar que su orden se cumpliese, pues lo inquietaba la actitud concentrada que venía advirtiendo en algunos esclavos. Además, no estaba de acuerdo con los puntos de vista de Van Weerdem y del capellán. Para él, los dueños de ingenios no tenían por qué hacer prevalecer sobre su justicia la justicia exterior.

Al llegar al cuarto se encontró con que ninguno de los indios estaba allí. Insultó entre dientes, pensó un momento y volvió sobre sus pasos. Pero no fue de nuevo hasta la mesa sino que salió al patio y se encaminó hacia la senzala. En mitad del patio se cruzó con Jan y Sabino. Le pidió a Sabino las llaves y siguió andando. De pronto oyó que lo llamaban. Se dio vuelta y vio a lo lejos al capellán, que sostenía por una oreja al niño mulato del abanico. Fue a su encuentro.

–Llévelo, enciérrelo –le dijo el capellán–. Este mocoso es incapaz de impedir que una araña se descuelgue sobre mi plato.

El capataz tomó al niño por un brazo y se dirigió de nuevo hacia la senzala. No dijo nada sobre los indios. Era su responsabilidad, y algo le indicaba que tampoco los encontraría en la senzala. Pero era la primera vez que pasaba o la primera vez que lo advertía, así que no dijo palabra. Volvió a cruzarse con Jan y con Sabino. Jan lo saludó con una inclinación burlona, reverencia indigna de un idiota.

El capataz abrió la puerta de la senzala, empujó al niño y entró. Entonces Cazuza, todavía encorvado por el mes de cepo, le hundió en la boca del estómago, hasta el mango, un cuchillo que antes había escupido hasta cubrir la hoja de saliva y, tomando a su enamorada, ambos salieron y se deslizaron por detrás de la senzala en busca del muro y la libertad.

A Sergio y Joao el crimen los tomó por sorpresa, pero entendieron que debían obrar con rapidez. Una muerte lo alteraba todo. Era ahora o nunca.

Sergio soltó un comentario en su dialecto nativo al dar vuelta al cuerpo y ver que no se trataba de Diedrick sino de Soares. Joao desenterró las lanzas, cuyo número había ascendido a quince, y las repartió entre los que en ese momento creyó mejor dispuestos. En la oscuridad de la senzala muchas de esas lanzas fueron a parar, sin embargo, a manos de indecisos, de viejos y de mujeres ya gordas que, aterradas, murmuraban oraciones al dios

blanco de la cruz. La madre de la enamorada de Cazuza lloriqueaba en un rincón.

La noche era pesada como una mano muerta. El aire estaba cargado de agua y los papagayos susurraban con voz humana. Los insectos voladores habían optado por caminar...

De vez en cuando llegaba, desde la selva o los alrededores de la casa, el gemido de un animal hambriento.

Diedrick había prácticamente pegado su cara a la cara de Ukelé y, mientras lo rozaba con la pipa, balbuceaba incongruencias en tono irritado porque éste no se había tomado ninguna molestia a fin de recuperar la tramposa lagartija. Ukelé vio entonces cómo un grupo de veinte o veinticinco esclavos salían de la senzala en dirección a la casa con movimientos cautelosos, ágiles, girando todos sobre los talones en su avance, como si estuviesen caminando sobre una plancha de hierro calentada al rojo.

Se quedó paralizado. En el interior de su cabeza rapada se prendió y apagó en el acto la imagen misteriosa de un niño blanco con el rostro de su hijo, y oyó los golpes que el rey de la tribu le había dirigido usando su cuerpo de tambor. Después el chasquido de un grito horrible heló la noche.

Arrastrándose, el capataz había alcanzado la puerta, había gritado, y ahora un montón de manos negras le caían encima como tentáculos y lo tironeaban de nuevo hacia adentro.

Con la voz de alarma del capataz, que sonó como la carcajada de un loco, los rebeldes frenaron en seco; algunos se desprendieron del grupo, arrojaron sus lanzas y se pusieron a correr de regreso a la senzala; con el eco de ese grito, Van Weerdem, el fusil en las manos y un bocado abultando la mejilla, salió de la casa para siempre: una lanza le atravesó el cuello y lo clavó en el marco de la puerta. Nada del grito se oía ya cuando Diedrick se llevó la mano a la cintura y, como si el peso del arma lo guiase a voluntad, se tambaleó a un lado y a otro hasta encontrar la línea recta en dirección a los rebeldes.

El combate se decidió enseguida. Ukelé trabó a Diedrick, lo sujetó con fuerza, y, alzándolo, lo metió en la casa. El capellán tomó el fusil de Van Weerdem y disparó dos veces antes de meterse también él. Allí estuvo a un paso de matar a Ukelé. Ukelé sujetaba a Diedrick por las muñecas. Pero algo en la actitud del esclavo le hizo entender que estaba de su lado y que no agredía a Diedrick sino que, por el contrario, lo protegía.

Diedrick se retorció en los brazos de Ukelé como antes lo hiciera la lagartija bajo la punta de su bota. Gruñía y se retorcía. Ukelé sintió casi vergüenza de ser más fuerte que su amo: lo sujetaba de frente sin mirarlo a los ojos.

El capellán entreabrió una ventana, apoyó el rifle y apuntó. Antes de apretar el gatillo vio cómo los rebeldes se dispersaban y cómo uno de ellos caía herido de muerte, y entendió que Sabino disparaba desde la otra ventana.

Joao, habiéndose deslizado furtivamente hasta la casa, se irguió de pronto y agarró por el caño el rifle del capellán, a quien un reflejo divino impidió que el negro se lo arrebatara de las manos. El capellán disparó y, mientras Joao retrocedía con un boquete humeante en medio del pecho, se persignó a toda velocidad con la uña del pulgar izquierdo. Creyó reconocer al esclavo y recordar su nombre original, oído al pasar: Kabarega.

Sergio, furioso, gritó algo en dirección a la senzala. Después se metió en la casa por la puerta de la galería. Ukelé lo vio entrar y cubrió a Diedrick con el cuerpo. Extrañado, Sergio titubeó, la lanza en alto. Fue un instante, pero bastó para que Diedrick, por entre los brazos de Ukelé, habiendo soltado la mano diestra, le descerrajara un pistoletazo en el estómago: Sergio soltó la lanza, se llevó las manos sobre la herida y salió de la casa corriendo y aullando. Un rato después lo encontrarían muerto en una hamaca, con una pierna colgando por un costado y un papagayo parado en la cabeza repitiendo sin cesar el *Ora pro nobis* habitual.

Cuando Diedrick, seguido por Ukelé y el capellán, salió de la casa, tuvo que contentarse con disparar a las sombras. Los indios, hasta entonces en la taberna apostando a la riña de gallos, habían regresado y habían decidido, aun con varias copas de aguardiente de más, la lucha en favor de sus amos.

No quedaba en el patio un solo esclavo: unos habían huido a ocultarse en la senzala; otros, habían arañado los muros como cangrejos hasta que los indios enardecidos terminaron de cazarlos y amontonarlos como a un bulto oscuro, informe y tembloroso, ante la mirada nublada pero fija de Diedrick sobre ellos.

La indecisión de la mayoría de los esclavos (¡luego de un año y medio de no pensar más que en eso!), la pronta muerte de Joao, la desaparición de Sergio y su aullido lejano y la llegada de los indios, encerrándolos, había sido fatal. Pero ninguno de los prisioneros pensaba ahora en eso, sino en la clase de castigo que les darían y en cómo resistirlo. Eran nueve; uno de los indios redondeó el número empujando al grupo a Ukelé con golpes de arcabuz.

El capellán desclavó el cuerpo del señor Van Weerdem. Después tomó entre sus dedos un dedo del señor y le hizo, con el dedo muerto sobre el cuerpo muerto, la señal de la cruz. Diedrick ni siquiera lo miró; apenas si torció los ojos hacia lo alto del campanario cuando Jan, que allí se había refugiado, asustado por el griterío y los disparos, hizo sonar la campana. Sabino partió en su busca.

Acto seguido, Diedrick ordenó meter el cuerpo de su padre, cerrar con llave la senzala y encadenar los prisioneros a las columnas de la galería. Después, mientras el capellán lavaba el cadáver de Van Weerdem y los indios amontonaban a los esclavos muertos, se encerró en su habitación, fumó su pipa y, con los ojos abiertos, durmió hasta el amanecer.

Se levantó con la pipa todavía apretada entre los dientes. Recorrió con paso firme los pasillos, atravesó la cocina, cruzó una gran sala de paredes vacías y, antes de salir a la galería, se detuvo un instante a poner orden en las imágenes y sonidos que revoloteaban en su cabeza; el sollozo como un zumbido de las caseras, el trabajo de encadenamiento nocturno, la risa de Jan y los chistidos de Sabino, el pecho de Ukelé sobre su rostro, el cadáver del capataz, sacado de la senzala como un despojo por un indio mortalmente serio... Hizo al fin un movimiento horizontal con la mano, dando por terminado ese concierto macabro, y salió a la galería.

Al verlo, los esclavos, encadenados por los tobillos a las columnas, se arrojaron al suelo como si la sola presencia del vencedor los hubiese fulminado, y los papagayos cristianizados estallaron a un tiempo en su latín enloquecido. Ukelé fue el único que permaneció de pie, mirando directo a los ojos de Diedrick, ahora inyectados en una sangre riente.

Con el grito de los papagayos pronto salieron el capellán, Sabino, Jan y los indios. Las caseras espiaban por la puerta entreabierta, sin atreverse a dar un paso, y haciendo el signo de la cruz sobre los vestidos húmedos de miedo.

El viejo encargado de la campana trepó a lo alto del campanario con la agilidad de un chico. Cuando los esclavos estuvieron formados en el patio, Diedrick mandó traer una cuerda, indicó pasarla por encima de una rama gruesa en el árbol más cercano a la vista de las filas de esclavos, y luego, personalmente, ahorcó uno por uno a los nueve negros rebeldes.

Después fue hasta donde estaba Ukelé, todavía encadenado, y le dio un violento puñetazo en el mentón.

—Esto es por haberme hecho caer —le dijo.

Ukelé se incorporó y Diedrick volvió a golpearlo.

–Esto es por haberte atrevido a alzarme en tus brazos dijo.

Ukelé, de rodillas, levantó la vista hacia Diedrick y recibió una patada en las costillas.

–Esto es por haberme impedido pelear... ¡De pie!

Ukelé se apoyó en un brazo; se tambaleó, mareado, la nariz sangrante, y alcanzó a ver las manos de Diedrick en alto, los dedos enlazados, listas para caer sobre su cabeza como una maza.

La descarga de los puños de Diedrick hizo que Ukelé se desplomara boca abajo. Oyó:

–Y esto es por haberme impedido morir.

Desde el suelo vio que las botas de Diedrick se alejaban dos o tres pasos para detenerse junto a los pies descalzos de Sabino y las sandalias del capellán.

–Suéltenlo –ordenó Diedrick–. Desde hoy está a mi servicio.

Capítulo V

En la casa-grande se practicaban muchos oficios: carpintero, picapedrero, barbero, sangrador... Diedrick se vanagloriaba de no tener que comprar más que hierro, sal, pólvora y plomo, pues lo demás se lo daban de sobra sus propias tierras. Su poder era virtualmente ilimitado y no había freno a su tiranía.

Pero el suyo era un gobierno de mandrágora y adormidera. Había comprado, a otra nave, a una de las tantas que llegaban repletas de negros, treinta nuevos esclavos; éstos, seguramente de la misma tribu y del interior del continente, caminaban al principio en fila india, pues, acostumbrados como estaban a transitar por estrechas sendas en la selva, no se les ocurría que podían hacerlo uno al lado de otro. La risa de Diedrick al verlos ponía a todo el mundo los pelos de punta. El nuevo capataz, llamado, como el anterior, Soares, con el mismo vientre abultado y la misma inyección oscura en los ojos que tenía su predecesor al morir, como si éste fuese una continuación de aquél, aunque unos diez años más joven, debió poner toda su agudeza para separar, en las órdenes de Diedrick, la bruma y la razón. No siempre lo conseguía. Tampoco el capellán, que en los primeros tiempos ofició de intérprete ante Soares. Así, cuando Diedrick mandaba poner a un esclavo haragán durante un año en el cepo, el capellán guiñaba un ojo a Soares y ambos contaban los días de un mes para soltar al desdichado; "matar" o "ahorcar" querían decir, sin excepción, "azotar", y debían hacer la misma lectura en cuanto al número de azotes pedidos: no se podía ahorcar doscientas veces a un esclavo, ni propinarle semejante cantidad de latigazos si no querían matarlo.

Algunas de sus órdenes, sin embargo, estaban a tal punto contaminadas por igual de bruma y de razón que Soares optaba por cumplirlas sin dilaciones, ni consultas al capellán, pues el tiempo no le sobraba y en muchos casos lo ofendía que esos disparates le fuesen encomendados a él y no al barbero, por ejemplo. ¿Debía un capataz ocuparse también de rasurar esa chivita motosa que les crecía en el mentón a un buen número de esclavos? Resultado de estas órdenes fueron, entre otras cosas, la cabeza rapada de Jan (que así parecía más alto, más limpio, más idiota y más contento), las botas de Ukelé (a las que el negro nunca pudo acostumbrarse y ante cuya presencia sufriente el capellán negaba una y otra vez con la cabeza, pues era sin duda un sacrilegio que un esclavo llevase el calzado del señor Van Weerdem), un domingo de pesca para todos los esclavos en lugar de sus cantos y bailes, la prohibición de que llevasen ornatos de cierto lujo, la confiscación de los valores que habían ganado en vida de su padre, e incluso un guiso de papagayo que nadie, ni siquiera él, se animó a probar.

Soares y el capellán se fueron acostumbrando poco a poco a las excentricidades de Diedrick; llegó un momento en el que tampoco les importó su propósito de pintar la casa de azul, e incluso colaboraron con él en la busca de pigmentos naturales que pudiesen mezclarse efectivamente con cal. Pero Ukelé iba de mal en peor...

Eximido del trabajo en la plantación, fue inmediatamente blanco de las murmuraciones de los esclavos. Al día siguiente de la fallida rebelión, Diedrick lo había obligado a calzarse las botas de su padre, le había puesto una sombrilla en las manos, le había enseñado a abrirla y a cerrarla (tenía un complicado mecanismo de trabas y botones y cadenillas), le había indicado la altura a la que debía sostenerla sobre su cabeza y le había advertido que lo castigaría con severidad cada vez que el sol lo obligase al menor de los parpadeos. Esa amenaza, como tantas otras, nunca fue cumplida; a veces, incluso, se lo veía llevar una mano sobre el bastón de la sombrilla para corregir su inclinación o, luego de censurar a Ukelé con un chasquido de la lengua y un bamboleo adormilado de la cabeza, dar un paso adelante o atrás para quedar a la sombra.

Tampoco castigaba a Ukelé si lo miraba a los ojos. Es más, ahora Ukelé *debía* mirarlo.

Diedrick solía acostarse en una hamaca al aire libre y hablar; sus soliloquios no eran menos inteligibles a causa del contenido de la cazoleta que por la boquilla, eternamente apretada entre los dientes. Pero Ukelé alcanzaba a entender algunos fragmentos de oraciones en general interrumpidas y bajaba la vista a fin de concentrarse mejor en lo que oía y en el esfuerzo por darles un sentido, como quien escucha una conversación privada apuntando la oreja hacia una puerta entreabierta que luego cierra cuidadosamente a fin de contarle a un segundo lo que allí adentro se dice. Entonces Diedrick, sin dejar de hablar, daba un golpecito en el mentón de Ukelé, reclamando su mirada.

En las ocasiones en que Diedrick pasaba horas encerrado en su habitación, Ukelé se encontraba con las caseras y atendía, gustoso y pensativo a la vez, sus conversaciones, sus infidencias, sus temores, sus cuentos, y ellas, halagadas, en premio a la atención de Ukelé, lo agasajaban con alguna caricia y mucho dulce de guayaba. Así supo Ukelé que el señor Van Weerdem había sido enterrado dentro de la casa la misma noche de su muerte, junto a la tumba de la madre de Diedrick. Había, según las caseras, sectores de la casa a los que era mejor ni asomarse, embrujados como estaban; los sillones de hamaca, allí, se mecían solos sobre baldosas flojas que a la mañana siguiente nadie podía hallar, se oían ruidos de copas y de platos chocando de noche en los aparadores, y una de ellas aseguraba que la madre de Diedrick se le había aparecido de improviso, no mucho tiempo atrás, preguntando por el capellán, gimiendo lamentos, implorando padrenuestros y avemarías. Y dijo que la india muerta le había indicado que bajo la cama de Diedrick había botijas llenas de dinero. Pero quién iba a aventurarse allí.

Por sus privilegios estuvo Ukelé a un paso de ser muerto una noche en la senzala. Su caso fue muy discutido; sólo unos pocos dudaban, los de su misma tribu, pero el resto en bloque lo acusó de traidor, cargando sobre sus espaldas el fracaso de la rebelión y la responsabilidad de la muerte de muchos.

Al principio no le hablaron. Mejor dicho: nadie habló al principio, aturdidos como estaban por la derrota. Después lo señalaron, todavía en silencio, con toda la mano y la mitad de la mirada. Finalmente, un niño, un negrito de un metro de alto, ya rapado y destinado a la dura faena de la rueda de la molienda (orden de la droga escapada al control del nuevo Soares y corregida, por absurda, al cabo de unos días), se plantó frente a Ukelé y, separando los labios para dejar a la vista los dientes apretados, le dijo:

–Traidor –en un susurro adulto.

Su madre lo rodeó con los brazos y lo apartó de Ukelé, no por temor a la reacción del acusado sino para protegerlo de alguna clase de contagio.

Esa vez el incidente no pasó a mayores.

Durante varias semanas Ukelé esperó que lo atacasen, razón por la cual andaba medio dormido durante el día, como si hubiese trabajado más que nadie y reci-

biendo por eso innumerables golpes amistosos de Diedrick y el mote de "hermano de Jan" por parte del risueño Sabino. Pero una noche en la senzala el mismo niño que lo había acusado de traidor, se le echó encima con un salto endemoniadamente tierno, como un niño que se arroja a los brazos de su padre, y lo hirió en un hombro con un cuchillo.

Dormían todos, y en ningún momento nadie despertó. Ukelé, a dos aguas entre el sueño y la vigilia, lo había visto acercarse y, no sabiendo si el niño armado estaba afuera o dentro suyo, alcanzó a desviar la curva que describía, opaca, la hoja del cuchillo, con un movimiento del brazo que fue menos un gesto defensivo que una pregunta acerca de la realidad y su respuesta. La punta del cuchillo se hundió dos centímetros en el hombro izquierdo de Ukelé; el niño, sorprendido, ahogó el mismo grito que su víctima. Entonces Ukelé lo desarmó, lo tomó por las muñecas, y los dos estuvieron largo rato en silencio mirándose a los ojos, sin pestañear. Los cuatro ojos, blancos en el aire negro, flotaban como pequeños círculos de cal en cuyo centro danzaban, agigantadas, las figuras del infortunio. Ukelé pensó en su hijo y pensó que el niño pensaba en su padre o acaso en un hermano. Cerró los ojos por un momento y, cuando volvió a abrirlos, ya había soltado al niño, le había devuelto el cuchillo, y estaba otra vez solo, sentado en la hamaca, con la palma de una mano sobre la herida.

A Ukelé no sólo dejaron de hablarle: también dejaron de mirarlo. Quien por un descuido lo rozaba con un codo o un pie, en el acto se limpiaba la parte del cuerpo con la que lo había tocado haciendo graves gestos de repugnancia. Pero Ukelé no se mostraba alterado. Permanecía en su lugar, con la mirada fija en ninguna parte hasta que el sueño lo empujaba suavemente sobre la espalda, o se llevaba las manos sobre el cuerpo y tocaba muy bajo, para darse fuerzas, los sonidos del rey, o quedaba por horas observando cada movimiento en la senzala con la atención concentrada de quien persigue en el aire la estela de un insecto real.

Una vez una esclava le dirigió la palabra, pero fue para insultarlo: no soportaba que la mirase. Otra vez, un domingo, los tamboreros se negaron a tocar con él y fue definitivo: no hubo ya nada que hacer.

Pronto empezaron las maldiciones y brujerías en su contra. Ya lo odiaban también los de su misma tribu, a quienes Ukelé no había satisfecho con sus gruñidos por respuesta. Maldiciones, brujerías... Primero encontró en su gorro de lana un collar de hojas lanceoladas con las puntas para adentro; luego, al despertarse una mañana, un círculo de carbones con dientes de rata en el centro bajo su cama; finalmente, todos en la senzala giraban hacia él cada vez que entraba y, con los ojos cerrados, alzaban la cara hacia el traidor con un ademán brusco, veloz, del cuello, y se ponían a trazar en el suelo distintos signos que enseguida borraban para darle la espalda.

La inmutabilidad de Ukelé, su indiferencia, su silencio ante todas las humillaciones y su resistencia a todas las maldiciones, hizo que en la senzala se abandonasen las miradas esquivas por vistazos criminales y los collares de hojas y círculos de carbón por golpes y empujones. Así, una noche en la que Jan estaba inclinado sobre el barril, alguien empujó a Ukelé, haciéndolo dar contra la espalda de Jan, que en ese momento disfrutaba la delicia extra de un descubrimiento reciente: podía meter la cabeza en el barril mucho más allá de lo acostumbrado sin que nadie se lo impidiese.

Jan cayó de cabeza adentro del barril y se puso a bramar enfurecido, agitando las piernas en el aire. Para sacarlo de allí. Ukelé debió acudir a Sabino, que se había alejado de la senzala persiguiendo quién sabe qué ruta en el cielo estrellado.

Las carcajadas de los esclavos sonaban como un chisporroteo en sordina. Cuando al fin consiguieron sacarlo, Jan, que tenía la cara y la cabeza completamente embadurnada, giró dos o tres veces sobre los talones emitiendo un silbido de furia desolada y agarró por el cuello al primero que encontró: casualmente, el negrito que había atacado con cuchillo a Ukelé.

Estuvo a un paso de ahorcarlo. Decenas de esclavos saltaron sobre Jan y su presa, formando una montaña oscura y maloliente de la que al fin emergió el niño, sano y salvo aunque desvanecido.

El episodio obligó a Ukelé a poner fin a su permanencia en el ingenio. Si alguien atentaba de nuevo contra su vida, esta vez no sería un niño. Pero ¿qué había ocurrido con Ukelé afuera de la senzala durante ese tiempo?

Acaso lo resuma una frase de Diedrick:

—Mi fiel Ukelé...

Así lo llamaba. Y en efecto, ni en compañía del capellán se sabía Diedrick tan protegido. Ukelé, a fuerza de seguirlo con la sombrilla, en verano y en invierno, con sol o sin sol, conocía cada uno de sus pasos entre el amanecer y el atardecer y muchas de las variaciones impuestas por la droga en su rutina, pero temía que la pipa, sorpresivamente, lo matase. ¿Puede una pipa matar a un hombre? Fumaba sin pausa. En cualquier sitio. Nunca Ukelé volvió a verlo sobrio, nunca durante su permanencia en el ingenio.

La sobriedad de Diedrick se le escapaba a Ukelé como agua entre los brazos. Desde el asesinato de su hijo, y en virtud de la sobriedad de Diedrick, los hombres estaban unidos. Pero la droga los separaba, irremediablemente acre, amarga. A veces, protegidos del sol en la galería, Diedrick, tumbado en su hamaca, entornaba los ojos hacia Ukelé y, entre las pausas de uno y otro *Ora pro nobis* de los papagayos acalorados, decía:

—Mi fiel Ukelé ¿no piensas pronunciar nunca una palabra?

O, sonriendo:

—Tranquilo, amigo, tranquilo. Un día tendrás valor para matarme.

Esa vez Ukelé había dado un salto junto a Diedrick, los ojos muy abiertos, los labios separados, y había negado de tal modo con la cabeza, con tal insistencia, que Diedrick debió sujetarlo por el mentón y jurarle que bromeaba.

Una tarde, Diedrick, sin decir palabra, la pipa eterna entre los dientes, indicó a Ukelé que subiese al carro, luego él tomó las riendas y partió en dirección opuesta al mar. Anduvieron hasta el anochecer. Llegaron a un claro entre dos cortinas de árboles que lo cerraban como dos manos ahuecadas. La noche era oscura, y Ukelé entendió que Diedrick buscaba algo en la parte de atrás del carro por el modo en que se agitaba. Después oyó que le pedía que bajase: una voz finita que nunca antes le había escuchado, como la voz de una mujer blanca luego de un llanto.

—Tómalo —dijo Diedrick.

Ukelé tomó el fusil, lo apretó en las manos, por el caño, y repitió:

—Tómalo.

Diedrick sacudió la cabeza.

—No te hagas el tonto. Tómalo tú. Ya lo tienes...

Dijo eso y se dio vuelta, como para contemplar la oscuridad. Después encendió la pipa. El humo, la llama, el humo, el olor, fueron las únicas cosas que se movieron durante un buen rato. El olor se movía de ácido a amargo, el humo desaparecía en zigzag, la llama seguía apagándose aún después de soplada...

Cuando al fin Diedrick giró de nuevo hacia Ukelé, ésta ya estaba sentado otra vez en el carro, con el fusil acostado sobre las piernas.

—No hay caza... —murmuró Diedrick, muy bajito.

Tomó las riendas y regresaron. Ukelé estaba agitado, nervioso, *ofendido*...

En no pocas oportunidades había impedido que Diedrick se golpease al desplomarse, borracho de droga y alcohol; en no pocas oportunidades el capellán había hecho chasquear la lengua al ver cómo Ukelé obligaba a Diedrick a alimentarse, sosteniendo en su mano oscura la cabeza del amo y acercando con la otra una cuchara de sopa a sus labios cerrados. En no pocas oportunidades, Diedrick había despegado los labios para mencionar al hijo muerto de Ukelé, y en la mano de Ukelé la cuchara no sólo no temblaba sino que insistía con la firmeza de un objeto animado del que hubieran podido esperarse las palabras que Ukelé callaba. Diedrick había soñado que los cubiertos le hablaban, saltando sobre la mesa.

Pero Diedrick amanecía relativamente fuerte. Una mañana (el sol aún oscilaba sobre los muros de la casa), llevó a Ukelé a su habitación y le ofreció una pipa. Ukelé chupó y aspiró tres veces. Los ojos se le llenaron de lágrimas ardientes; cuando los abrió estaba solo. Diedrick volvió un rato después. Lo encontró sentado en el suelo con la cara entre las manos. Lo palmeó, riendo, lo ayudó a levantarse y, poniéndole la sombrilla entre las manos, lo hizo subir al carro: irían al puerto. Un mensajero le había traído la noticia del arribo de una nave negrera. Podía tratarse de la embarcación de Pessoa y Djinn.

Hacía mucho tiempo que no tenía noticias de ellos. Algo le decía a Diedrick que era invulnerable el equilibrio de esa nave; puesto que era imposible, nada podía destruirlo.

Desde la muerte de su padre, Diedrick había llevado al puerto a Ukelé en dos ocasiones, sin sospechar que, para Ukelé, la visión del desembarco de los negros era menos un paseo que un castigo. Pero, después de todo, ¿qué amo saca a pasear a su esclavo? Esto aumentaba el odio en la senzala.

Tampoco esta vez se trataba de la nave de Pessoa y Djinn. Esa noche, de regreso, Diedrick lo convidó con una segunda pipa. Después llamó a Sabino, para que lo llevase a la senzala. Una vez allí, Ukelé se acostó boca arriba y durante horas sintió que la unión con Diedrick se había restablecido. Conoció, con el pensamiento, durante esas horas, cada uno de los pasos que daba Diedrick en la alta noche y que de otro modo se le escapaban. En su aldea, en el lugar donde lo habían raptado, un anciano solía guiar a los hombres durante muchos días en busca de las pendientes de las que manaba un agua sagrada, que recogían en cántaros de barro cocido. El itinerario, los albergues de las etapas, estaban señalados desde tiempos inmemoriales, de suerte que las mujeres de la tribu, que se quedaban en la aldea, seguían, de instante en instante, con el pensamiento, la progresión de los hombres.

Así vio Ukelé, desde la senzala, cómo Diedrick encendía la pipa, cómo se levantaba, más inquieto que satisfecho, y se dirigía por un corredor oscuro y húmedo hasta la cocina, donde bebía un poco de aguardiente para volver tambaleándose sobre sus pasos. Lo vio arrojarse boca abajo en la cama, mover nervioso un pie, llevarse una mano sobre la oreja y presionarla con fuerza, como si algo lo aturdiese; lo vio ponerse de pie con un salto ridículo, atravesar la casa de lado a lado, salir a la galería, escupir con asco a un papagayo dormido y caer de espaldas, como si el impulso del escupitajo lo hubiese derrumbado...

Ukelé salió de la cama y corrió hasta la puerta; en vano intentó abrirla. Pegó un oído a la puerta con la esperanza de oír el *Ora pro nobis* de los papagayos que alertaría a la gente de la casa... Pero no oyó nada. Al sonar la campana, con la primera luz del día, Ukelé estaba aún con el oído contra la tabla, y agradeció en voz alta la velocidad con que había pasado el tiempo.

Diedrick había estado buena parte de la noche en la galería. Ukelé no le preguntó si se había golpeado; como era su costumbre, se paró frente a Diedrick y permaneció en silencio hasta que éste, malhumorado a causa del insomnio y las palpitaciones, le preguntó por qué razón estaba allí parado en lugar de ir a buscar la sombrilla. Las dos hileras de esclavos se sacudieron de risa maliciosa.

A tal grado llegaba el servilismo, los cuidados de Ukelé, que Diedrick debió reconvenirlo, aunque con fingida dureza, para que el negro dejase de alarmarse con cada silencio suyo, para que dejase de preocuparse de su alimentación, para que no saltase cada vez que se llevaba una mano sobre el pecho estrangulado. Lo insólito de la reconvención puso los pelos de punta al capellán, oculto oyéndolo todo. Salió de su escondite y, negando con la cabeza, pasó entre amo y esclavo sin decir palabra y se metió en la capilla. Diedrick no volvió a invitar a Ukelé a fumar su pipa. En la mitad de un instante de lucidez había alcanzado a juzgar que el negro se volvía insoportable bajo el efecto de la droga, peor que un perrito faldero.

Una semana después de que alguien empujase a Ukelé sobre Jan, haciendo que éste cayese en el barril, llegó al fin la nave de los capitanes Pessoa y Djinn. El negro herido que en el último viaje había sido nuevamente embarcado bajó a tierra muy erguido y orondo entre los dos capitanes. Era evidente que su condición no era ya la de un esclavo cualquiera: andaba descalzo pero armado y se movía allá y aquí cruzando señas e incluso palabras con los integrantes de la tripulación portuguesa. Ukelé experimentó un ligero mareo cuando este negro lo miró desde lejos, acaso reconociéndolo. En verdad, al negro le habían llamado la atención las botas que calzaba Ukelé: por un instante sonrió y luego continuó dirigiendo, látigo en mano, el desembarco de esclavos. Pero con el látigo sólo amenazaba; a cada uno de los negros que pisaba tierra le daba una palmadita en las espaldas y le susurraba alguna cosa al oído.

Esa noche los capitanes Pessoa y Djinn fueron agasajados por Diedrick en la casa-grande. A los extremos de una mesa tendida fuera de la casa estaban sentados Diedrick y el capellán; a lo ancho, Soares y Pessoa de un lado y Djinn del otro. El negro que había dirigido el desembarco permanecía detrás de Pessoa; detrás de Diedrick estaba Ukelé, los pantalones dentro de las botas y una camisa blanca abotonada hasta el cuello. La luz de la luna era tan generosa que durante el transcurso de la cena Diedrick debió llevarse varias veces la mano sobre la frente, pues el resplandor plateado lo cegaba. Las caseras, firmes junto a la puerta de la cocina, cuchicheaban en voz baja cuidando, al mismo tiempo, que una buena parte de su atención se mantuviese en el capellán, quien ordenaba los platos y las bebidas con un chasquido de los dedos y un gesto del mentón sobre la fuente o las botellas. Sabino y los indios comían en el otro extremo de la casa, Jan con ellos.

El capellán conducía la conversación. Diedrick había hecho al principio algunas preguntas, limitándose luego a escuchar, serio y con un bamboleo de la cabeza entre los hombros. Djinn, que hablaba poco o nada el portugués, lo codeaba de tanto en tanto, exigiendo la traducción de lo que allí se decía. Pero no siempre Diedrick lo satisfizo. En una oportunidad le respondió con un eructo, a partir del cual dejó Djinn de insistir, haciendo de ahí en más un esfuerzo considerable y continuo para entender por sí mismo el significado de esa lengua gangosa, nasal.

El negro que estaba detrás de Pessoa se llamaba Musa. Pessoa lo había curado de sus heridas, ciñéndole al pecho una tela empapada en resina caliente; la gratitud de Musa no se hizo esperar. Habiendo llegado al África, la nave había sido rodeada y atacada por la tribu más numerosa que hubiesen visto jamás. La relación de fuerzas era de uno a cien. Los guerreros tomaron la nave como si se tratase de un juego de niños e incluso con un gesto burlón, un rictus de aburrimiento general. Llegó un momento en el que hubo tantos guerreros a bordo que la nave crujió y amenazó con partirse en dos.

—Eran fieros esos negros —le comentó Djinn a Diedrick, contento de no haberse perdido en la relación que de los hechos hacía Pessoa.

Cada guerrero llevaba, atadas a la cintura por una trenza de fibras vegetales, dos vejigas de cocodrilo: una contenía leche, la otra sangre. Halagada su vanidad por el triunfo fácil, soltaron los brazos de holandeses y portugueses, hasta ahí firmemente aferrados y, con absoluta despreocupación, echaron atrás las cabezas, abrieron las bocas, y alzando una vejiga en cada mano, dispararon hacia el fondo de sus gargantas un chorrito blanco y uno rojo que despedían un mismo olor nauseabundo y que espantó a todos en las dos tripulaciones sin excepción.

—Incluso a mí —añadió Pessoa, jactancioso.

El capellán relajó las cejas que mantenía enarcadas desde un buen rato atrás y preguntó, riendo bajito:

—¿Queda algún cocodrilo vivo allá?

Pessoa rió con él. Musa, tan sumiso como negro, se unió al festejo. Ukelé lo detestó, como si se estuviese mirando a un espejo.

Pessoa interrumpió abruptamente su risa, dejando en claro de ese modo que no quería más bromas durante el relato. Musa lo imitó. Ukelé observó el juego de muecas de los dos hombres con un parpadeo que más bien parecía un temblor.

Aquellos guerreros vivían de sangre y leche. La carne y los vegetales les repugnaban. Eso, pensaron los de la nave, quería decir que no iban a comérselos, pero que bien podían abrirles un agujerito en las cabezas para succionar hasta la última gota de sus cuerpos. Djinn, según

Pessoa, estaba tan asustado que se mantenía erguido sólo porque estaba de rodillas.

–¿Qué dice? –no pudo evitar preguntar Djinn.

Diedrick murmuró con desgano:

–Tu valor.

En mitad del festín, saltando desde la orilla por sobre los cadáveres de los guerreros que habían muerto en el breve enfrentamiento y que flotaban en un mar tan rojo y tan en calma que también él parecía haber sido asesinado, llegó a bordo el jefe de la tribu. Era un hombre joven, altísimo, tenía el cuerpo teñido de blanco y la cabeza adornada con plumas y los ojos extrañamente verdes.

La masa de guerreros se abrió en dos, dejando al jefe camino libre de babor a estribor. El jefe fue y vino varias veces antes de toparse con Musa, que le había salido al cruce. Musa le dijo en voz muy alta que los hombres de la gran nave eran semidioses capaces de cruzar a un lado y a otro el mundo líquido, apagar las tormentas, dominar los vientos, forjar el hierro, y que deseaban llevar a una tierra igual a esa donde se encontraban, pero lejana, doscientos hombres y mujeres fuertes a fin de enseñarles los secretos de innumerables magias con las que una vez de regreso podrían imponerse a las otras tribus tan fácilmente como lo habían hecho un momento atrás con la nave divina.

Pessoa, jocoso, giró en la mesa y golpeó con la palma de una mano a Musa y le dijo:

–¿Semidioses? Ahora que lo pienso ¿por qué no *dioses*? ¿Eh? –volvió a golpearlo–. Musa tramposo...

El capataz Soares, el capellán, Musa, Pessoa, incluso Djinn, todos rieron.

Diedrick giró la cabeza hacia Ukelé y le encargó le trajese la pipa.

Ukelé se apartó y entró a la casa. La risa de Musa sonaba en sus oídos igual que el hervor de un cuenco de veneno.

La nave estaba quieta como si se encontrase varada. El jefe miró extrañado a Musa, ese negro impertinente que había tenido la osadía de interrumpir su paso y dirigirle la palabra, y alzó una mano para castigarlo. El gesto del jefe fue acompañado de miles de alaridos; los guerreros veían en Musa a la primera fuente de sangre fresca. Pero, de pronto, Pessoa dio un salto hacia el jefe y, mirándolo fijo a los ojos, se quitó la lámina de oro que cubría sus dientes. El silencio que siguió fue tan espeso que los guerreros se pusieron a aletear con las manos como si les hubiese caído encima una red de miel.

Pessoa sostuvo frente al jefe la dentadura en la mano temblorosa hasta que, al fin, el jefe se rindió a la evidencia: sí, eran dioses, semidioses...

Las tripulaciones entendieron el efecto de la artimaña de Pessoa y la acentuaron extendiendo hacia el jefe, en las palmas de las manos, ojos de vidrio, garfios, patas de palo e incluso un extraño peluquín de hilos de seda con bucles rubiones.

La nave quedó al cuidado de cien guerreros, y las dos tripulaciones fueron conducidas a través de la selva durante dos semanas hasta una gran ciudad de chozas de adobe y piedra y caminos rectilíneos. Allí permanecieron meses en calidad de huéspedes-cautivos.

El locuaz Pessoa apartó su plato y se frotó las manos, pero no alcanzó a narrar los sucesos principales (la muerte del jefe tras una infusión de pólvora, la fuga de la ciudad, la recuperación de la nave y las promesas hechas por Musa a los guerreros que la custodiaban, convenciéndolos de que viajasen con ellos al otro lado del mundo): un grito desgarrador puso a todos en la mesa los pelos de punta. Hasta los papagayos quedaron por un instante congelados.

El capellán, el capataz Soares y Diedrick, que había empezado a impacientarse por la demora de Ukelé, entraron a la casa corriendo y, uno tras otro y en ese orden, llegaron al comedor. Jan sangraba abundantemente por la boca, desmayado en los brazos de Sabino y rodeado por los indios y las caseras, todos mudos con los ojos muy abiertos. Jan se había enterrado un tenedor en el paladar.

El capellán dio instrucciones a los allí presentes. Una de las caseras puso a hervir agua, otra hizo vendas cortando varias tiras de una sábana. Después el capellán se arremangó, se arrodilló frente a Jan e inspeccionó el interior de la boca antes de tomar con sumo cuidado el mango del tenedor entre sus dedos.

Diedrick asintió en silencio y, como si no quisiese presenciar la extracción, salió precipitadamente y empezó a dar vueltas a la casa llamando a Ukelé.

Asustada, una de las caseras había retrocedido hasta la mesa, de la que Djinn se había levantado para ver qué era lo que había ocurrido allí adentro. Musa espiaba desde la puerta. La casera, cubriéndose la boca con las manos, había chocado con el respaldo de la silla de Pessoa, quien se alegró de que alguien volviese a interesarse en su relato. Se dio vuelta y, al ver que no se trataba de Soares, ni del capellán, ni del dueño de la casa, sino de una simple casera, la tomó de un brazo y la estudió un momento achinando los ojos. Luego, sin soltarla y sin quitar la vista de la mujer, dijo:

–Aquellos nativos nos estuvieron escupiendo durante meses. Por fortuna, yo comprendí el significado de tal ceremonia. Mire, si un enemigo entra en posesión de la saliva de uno, puede utilizarla para lanzar una maldición mortal sobre él. Así, pues, escupir sobre alguien supone quedar a su completa merced. Yo comprendí el tributo que nos ofrecían; pero cuando los visitantes se marchaban nos apresurábamos a bañarnos. Probablemente seamos ahora los tratantes más bañados de la historia.

Capítulo VI

Meses anduvo Ukelé por la selva antes de dar con el palenque. Iba tan armado que parecía más bien un cazador de esclavos: fusil, machete, soga, cuchillo.

La primera semana la pasó corriendo. Excepto por sus salidas a la taberna y al puerto en compañía de Diedrick, nunca había estado fuera del ingenio, de modo que el asombro por la semejanza de los dos mundos aquél desde el que había partido y éste en el que ahora corría, le restaba buena parte de las pocas horas dedicadas al descanso. Asombro porque era igual el olor del aire, asombro por el color de la tierra, por la misma forma en los pastos y en las hojas y por los mismos ruidos de animales entre los árboles nocturnos. Por momentos creía haberlo soñado todo; en no pocas oportunidades giró sobre los talones buscando el rumbo de su aldea africana.

Esa primera semana fue la más peligrosa. El resto fue simplemente estar, vivir, *casi* la libertad. Una noche advirtió que corría dormido; dejó caer las armas y, para recuperar la inteligencia más que la fuerza, se tendió en el suelo a descansar. Despertó al amanecer, por los bostezos de la selva y por unos ruidos de pasos a su alrededor. Se puso de pie de un salto y alcanzó a ver cómo un negro desnudo se escabullía a toda velocidad por entre una maraña verde y espinosa llevándose el fusil. No lo siguió. El negro iba en dirección al lugar del que él huía.

Otra vez, una tarde, oyó el ladrido de los perros de El Lisiadito. No podían ser otros perros que los de aquél. Sonaban como un collar: el hilo era un gruñido, cada cuenta un ladrido asesino. Tenía intacto en la memoria ese collar.

Ukelé dudó un instante, pálido como ceniza. Le pareció que la vegetación a su alrededor estaba igualmente conmovida. Después trepó a la parte más alta de un árbol, donde se quitó las ropas; hizo con ellas una pelota y la ocultó en el extremo de una rama, entre las hojas. Finalmente bajó y se puso a correr hacia el arroyo, cuyo rumor lo había acompañado durante muchos días y muchas noches. Se metió en el agua y, saltando como una langosta, saliendo sobre la orilla cada vez que el cauce se ensanchaba o se hacía profundo, anduvo toda la tarde y toda la noche y buena parte del día siguiente.

En la segunda o tercera semana, habiéndose apartado del arroyo unos cuantos días atrás, se llevó una sorpresa tan grande que... estuvo a punto de caer desde lo alto de una loma cortada a pique a la que había llegado avanzando por entre dos cortinas espesas de hojas gigantescas y algodonosas: ahí, a lo lejos pero perfectamente visible, estaba el ingenio, la casa-grande de la que había huido.

Sintió un escalofrío, sintió ardor, como si estuviese sumergido en un río en llamas. Se arrojó cuerpo a tierra y permaneció varias horas allí tendido sin moverse. Cuando al fin lo hizo, retomó el curso engañoso del arroyo, que lo había traído de regreso al punto de partida y, a la carrera, entregado al vigor de sus piernas como a algo ajeno en lo que se ha depositado el último aliento de esperanza, llegó hasta el sitio en el que el arroyo torcía a la izquierda con la suavidad de un cuerpo amodorrado que se inclina y, saliendo en ese punto del agua, se disparó a sí mismo como una flecha hacia el interior de la espesura en sombras.

No era fácil conseguir alimentos. Mascaba toda clase de hojas y raíces, algunas agrias, otras dulces y sustanciosas, probándolas primero con la punta de la lengua y después con pequeños mordiscos: ya una vez el veneno de una raíz violácea le había dormido la garganta y el estómago y lo había paralizado durante horas.

Abundaban, como una golosina caníbal, los panales de abejas, y Ukelé tenía un método para tomarlos sin sufrir una sola picadura: vaciaba un poco de pólvora en un tronco hueco del ancho de un brazo, al que había antes taponado de un solo lado y llenado de pequeñas hojitas verdes y secas, una capa tras otra hasta la mitad; luego elegía dos piedras duras y, ayudándose con la soga en forma de lazo alrededor de la cintura y del árbol, ascendía hasta muy cerca del panal, donde con una chispa de las piedras encendía el interior del tronco. Las abejas huían espantadas por el humo; Ukelé hacía caer el panal, bajaba precipitadamente, lo partía en dos, dejándole una mitad a las abejas para que no lo siguieran, y se alejaba pronto de allí, ansioso por comer el resto. A veces sorbía huevos de pájaros, que robaba de nidos increíblemente altos y, cuando la suerte lo acompañaba, de la carne de algunos animales más lentos que el machete de su brazo.

La pólvora estaba destinada a las abejas, una caza segura y sin ruido. El humo no le importaba; Ukelé cambiaba rápidamente de lugar, previendo que El Lisiadito todavía lo estuviese buscando. A su paso recogía hojas de tabaco y de yerba; cuando veía que la picadura de algún bicho se le iba a infectar, mascaba las hojas, las ponía sobre la picadura, y la hinchazón se le iba.

Una vez pasó cerca de una finca pequeña: casa y corral. No había perros. Aguardó la noche y se metió en el corral, enlazó un chanchito gordo y casi rosado, le tapó el hocico y se echó a correr. El chanchito lo alimentó durante varios días.

Es esos meses en los que anduvo como un salvaje de allá para aquí, tuvo fiebre y tuvo frío más que miedo. La fiebre la curaba metiéndose en las aguas del primer río o arroyo que encontraba; el frío, cubriéndose el pecho con una hoja grande a la que practicaba algunos cortes por los que manaba un líquido lechoso muy caliente. La fiebre quedaba en el río: él salía del agua como nuevo. Y avanzaba, estaba siempre en movimiento. A veces volvía sobre sus pasos durante días, estudiando el terreno, conociéndolo, y otra vez a avanzar. Trataba de hacerlo en línea recta, vadeando los obstáculos para volver más adelante a esa misma línea, y nunca dejaba de retroceder a fin de comprobar si, en efecto, había conseguido su propósito o había zigzagueado hasta perderse. En ese caso, no daba adelante un solo paso más hasta no hallar el sitio en el que se había desviado.

Eran esos los únicos momentos en los que tenía miedo. Miedo a perderse, no a ser atrapado. Estaba lo suficientemente lejos de la casa-grande como para que esto último sucediese, acaso en un lugar que ningún hombre había pisado jamás. En el día veía la noche y en la noche su luz, la lluvia, los movimientos de las hojas, el susurro plateado del agua entre las piedras, y en cada cosa inerte oía las quejas de la duración y sentía, sin mirar, la viva indiferencia con que a toda hora las acariciaba el destello de un éxtasis final. La orientación, la conservación del rumbo que tan meticulosamente había observado eran su libertad, no el vagabundeo ni la precipitación, esos vértigos de soledad. Sabía qué debía hacer.

Pensó que sabía lo que debía hacer y mató un insecto –un mosquito– que engordaba en la punta de su nariz, y levantó la vista y vio una cueva. Caía la noche, o amanecía. Entró a la cueva y se tendió de espaldas en el suelo. Durmió hasta que los murciélagos dejaron de rozarle la cara con la punta de sus alas. Oyó tambores.

Se incorporó y dio algunos pasos hacia afuera sobre la boca de la cueva. Un murciélago que entraba en busca de la oscuridad lo golpeó en el pecho y lo hizo trastabillar. Ukelé alcanzó a atraparlo, lo apretó en su mano, lo miró chillar y al fin lo arrojó de nuevo hacia afuera como a una piedra. El murciélago aleteó varios metros hasta que consiguió frenarse. Quedó por un instante quieto en el aire, mudo con los ojos ciegos fijos en la oscuridad y, esquivando el bulto de esa fuerza que lo había sorprendido, se zambulló en el fondo de la cueva.

La cueva estaba apenas elevada sobre el pie de una gran montaña mucho más ancha que alta, como aplastada por la vegetación. Por uno de sus lados corría un hilo de agua silencioso, helado y cristalino, y más allá, por entre un grupo de árboles de tronco blanco y grandes copas negras, alcanzaba a verse, rodeada por un semicírculo de maleza como por dos dedos que no acababan de unir sus yemas, una construcción de troncos de mimbre, una decena de cántaros distribuidos en hilera, un bulto de telas.

Ukelé avanzó por el borde del hilo de agua cuidando no tocarlo. Una mínima interrupción del curso cristalino del agua, tenso de su propio silencio, podía alarmar a los tamboreros o a cualquiera de los que hubiese allí. Si había dado con el palenque al que solían referirse los esclavos del ingenio, los que lo habitaban debían haber pasado sus mismos miedos, tomado sus mismas precauciones y, en fin, debían, como él, como quien aprende a conocer los ruidos de una casa nueva, distinguir de lo habitual la menor variación sonora o física provocada por un intruso. Llegó así, con movimientos lentísimos y aferrándose allá y aquí con manos de seda, hasta una roca de superficie plana que asomaba por un costado de la montaña como una lengua. Desde allí vio el poblado. Eran

más de treinta casas de mimbre trenzado y arcilla pulida, con chimeneas e incluso una especie de picaporte en las puertas de tabla.

Las casas formaban dos hileras enfrentadas, y entre ellas y por sus costados se habían trazado calles cuidadosamente rectas. Había un corral con cabras y gallinas, un descampado circular, una plantación de legumbres a un lado, y del otro, a la derecha de las hileras de casas, un trono o altar al que se llegaba ascendiendo una decena de peldaños cubiertos por una esterilla. Más allá había un pozo ancho hacia el que, por un trazado de canaletas serpenteantes, llegaba el agua de un manantial y en el que dos mujeres se bañaban, tiritando, riendo y lavándose una a otra con esponjas de fibras.

Los niños molían algo en morteros. Las niñas tomaban leche de unos cuernos pulidos. Algunas gallinas escapadas del corral los miraban hacer, los picos en alto.

En el descampado, además de los tamboreros, que eran tres, había unas treinta mujeres y unos cincuenta hombres y hasta un chino, que, mientras todos batían palmas al ritmo de la música o bailaban, alternándose unos a otros, permanecía sentado en el suelo con la espalda apoyada en la pared de una de las casas. Siete u ocho niños "de todos los colores" correteaban de un lado a otro. El chino, sin mover la cabeza, los seguía, como si le molestaran, por el rabillo de sus ojos sesgados.

Ukelé, boca abajo sobre la lengua de la montaña, fijó de pronto la atención en una de las indias que un momento atrás había estado bañándose en el pozo de agua helada. La muchacha, luego de cubrirse con una tela liviana de color rojo que había pasado por debajo de las axilas y anudado sobre el pecho, bailaba ahora agitando las caderas, riendo con los ojos más que con los labios y echando atrás la cabeza; su larga cabellera negra caracoleaba a sus espaldas como un gracioso animal acuático.

Ukelé había tocado tantas veces el tambor para esa danza, en África, en la casa-grande, que no pudo evitar sentir que la muchacha bailaba la música de sus manos ni alarmarse cuando, al empezar los cantos, ella cambió a un paso en el que los pies apenas se movían para avanzar. La canción era un canto de trabajo. Ukelé la había oído muchas veces en el ingenio.

> *Toca fógo na canna...*
> *¡No cannaviá!*
> *Quero vé laborá...*
> *¡No cannaviá!*
> *Olh'a canna madura...*
> *¡No cannaviá!*
> *Para fazé raspadura...*
> *¡No Cannaviá!*
> *O mohinho pegou fógo...*
> *¡No Cannaviá!*
> *Que imou o melado*
> *¡No Cannaviá!*

Finalmente los tambores cesaron de tocar. Hombres y mujeres formaron una rueda y la muchacha se perdió entre ellos. De tanto en tanto, durante lo que siguió, Ukelé alcanzó a ver a la muchacha furtivamente, gracias al rojo de su vestido que destacaba entre la multitud.

El chino se había unido a los demás, dando la impresión de un destello de luz opaca entre los cuerpos oscuros. Incluso los niños más pequeños dejaron de corretear. Entonces un grupo de hombres avanzó hacia el centro, cada uno de ellos portando un arco de madera a cuyos extremos se había sujetado un alambre fino muy tenso y en uno de los cuales se había insertado, como resonador, una calabaza dotada de una abertura.

Luego entraron al círculo dos negros jóvenes, descalzos, vestidos con pantalones que habían arremangado hasta las rodillas, y se agacharon frente a los instrumentistas.

Mientras los jóvenes permanecían agachados, los instrumentistas entonaron una serie de palabras tan dulces como firmes y muy sonoras al cabo de las cuales dieron comienzo a la música, que arrancaban de los alambres de sus arcos con golpes habilísimos. Al son de la música, los dos jóvenes se acometieron con las piernas y la cabeza, eludiendo uno los golpes del otro. Se sucedieron entonces rápidos movimientos del cuerpo hacia adelante y hacia atrás, así como hacia ambos lados, en un simulacro de lucha cuerpo a cuerpo, pero en ningún momento los jóvenes se trenzaron.

Poseían una agilidad asombrosa. Los saltos en el aire se alternaban con imprevistas caídas. Los cuerpos se desarticulaban, giraban, ondulaban. Uno de los contendientes tomó a su rival y lo lanzó hacia atrás por sobre su cabeza; luego éste rodó entre las piernas del primero.

Era un combate extraño para Ukelé, una mezcla de juego y de danza. ¿Era un combate? Ningún músculo del cuerpo de los contendientes permanecía inmóvil. Comprendió Ukelé que no se trataba de una demostración de fuerza o de agresividad sino de un alarde de agilidad, de picardía, de astucia. Ahora uno atacaba con la cabeza; ahora el otro lanzaba un puntapié al aire y pasaba la pierna por encima de la cabeza del otro. Y a medida que se aceleraba la música, la ejecución de los arcos, aumentaba la intensidad del juego.

Ukelé no estaba menos encantado que tentado de reír: el chino, contagiado por la música de los arcos y la plasticidad de los contendientes, movía involuntaria y grotescamente las piernas hacia adelante y a los costados, como una bestia empantanada, o como quien no decide qué rumbo tomar.

Durante el transcurso del juego uno de los ancianos había ido trazando a cada "golpe" de los contendientes un signo en el suelo. Nadie los había borrado al terminar. Desde su posición, Ukelé veía ahora un vago dibujo sobre el que caía, ardiente, la noche. Todos habían entrado a sus casas luego de observar la puesta de sol: de cuclillas, los brazos cruzados sobre las rodillas o alrededor de las piernas. El chino había dirigido unas palabras, más gestos que palabras, en verdad, a la india del vestido rojo, pero ella no le había respondido y había entrado entre las primeras a una de las casas. Desde el corral empezó a llegar el ronquido alerta de los animales.

La luna saltó como un ojo sobre la espalda de Ukelé. Miríadas de insectos volaban allá y aquí crepitando con el sonido de un fuego lejano cuando de pronto, y sólo por un instante, se apagaron y quedaron quietos igual que un puño: el chino salía de la casa. Cerró la puerta y avanzó cautelosamente mirando a un lado y a otro por la calle central.

Ukelé se acuclilló sobre la roca. El chino llegó al pozo, se desperezó, miró hacia atrás y luego, agachándose junto a una de las canaletas del manantial, hundió la frente en el agua helada. Por último, se levantó, sacudió la cabeza, que llenó el aire de escamas plateadas y de un sordo suspiro de placer y desanduvo el camino hasta la casa de la que había salido.

Desde su rapto en la aldea africana, Ukelé no había tenido contacto físico con ninguna mujer. Deseaba, ahora, a la india del vestido rojo. La tentación de bajar al palenque lo mantuvo quieto sobre la roca hasta muy cerca del amanecer. Después, como un hombre aún incompleto, por lo que representaban Diedrick y ahora la india del vestido rojo y también por la visión de sí mismo que le ofrecía la noche en fuga, salió de la roca y bajó en dirección a la cueva por el costado de una elevación en sombras.

Tomó sus pertenencias y, con la primera luz del día, se encaminó hacia la casa-grande. El corazón le latía con fuerza. ¿La encontraría? ¿Habría sido inútil la minuciosa observación del trayecto? Se rió de sí mismo con ira. ¡La selva cambiaba! No lo había advertido en sus vueltas atrás porque esos cambios no eran visibles de un día para el otro, pero ¿cómo haría para saber que iba en la dirección correcta al cabo de un mes de marcha, incluso al cabo de una semana? La línea recta: qué pensamiento más estúpido. Nada podía asegurarle que la había conservado. La ruta de las estrellas, lo que Sabino le contaba a Jan, eso que él, Ukelé, en su fuga, había observado de soslayo, era ahora su salvación. Dormiría durante el día y andaría durante la noche. Se acostó al pie de un árbol y apretó los ojos húmedos...

Había contado noventa y cinco días desde la fuga de la casa-grande. Restando las demoras, los rodeos, las largas permanencias en un mismo sitio, podía estar de regreso en treinta días, acaso menos. Y en medio de una atroz vociferación nocturna dio comienzo a la marcha.

Su rey, el rey de su pueblo, había sido un hombre débil y nervioso que tenía por costumbre asir la mano de uno de sus cortesanos y apretarla con fuerza cuando se decía algo que lo molestaba; no hubo noche en la que Ukelé, guiándose por el olfato y el oído, no haya tenido que trepar precipitadamente al primer árbol a su alcance y aguardar a que pasase el peligro... apretando una rama del mismo modo que su rey el brazo de un cortesano. Las voces de su pueblo le advertían, en sueños, que el regreso era una locura y Ukelé respondía con un gemido. ¿No había sido una locura vivir, acaso? Hacía tanto tiempo que no hablaba con nadie que el sonido de su propia voz lo aterraba, aun dormido. Nada le fue ahorrado por la naturaleza: una lluvia lo obligó a permanecer siete días en la copa de un árbol, alimentándose de hojas y corteza. Cuando al fin bajó estaba tan débil y lánguido que parecía caminar bajo el agua. Un extraño tigre rosado había arañado el tronco del árbol durante dos de esos días para luego desaparecer tras un bocado más fácil y tan apetitoso que incluso Ukelé lo olfateó. En las zonas espesas del trayecto la humedad lo asfixiaba, en las planicies desiertas lo atenaceaba el temor a las fieras, algo que no había sentido durante la huida, cuando podía detenerse, demorarse, ver. Una tarde reconoció una agrupación de palmeras en forma de estrella; una noche vio a lo lejos el resplandor de un incendio; otra noche oyó voces: un murmullo, un susurro, unas risas. Se escondió en un matorral y permaneció allí hasta el amanecer. Con la luz de la mañana comprendió que esas voces no eran sino el paso del arroyo por el que había huido.

Una semana después, siguiendo el curso del arroyo, alcanzó por fin los dominios del ingenio. El corazón le dio un vuelco. Su cuerpo se llenó de fuerza, de vigor, como un cuenco con agua de lluvia. Caía el sol. ¿Viviría Diedrick aún? A lo lejos dejaron de oírse, de improviso, como los pliegues de un abanico que se cierra, los cantos de trabajo de los esclavos en el campo.

Ukelé, como había hecho ya cien veces durante el regreso, subió a lo alto de un árbol, donde un monito del tamaño de una mano lo escupió a la cara. El crepúsculo teñía de rojo la cal de los muros de la casa-grande, el portón, la silueta de los árboles, el cañaveral, como si la india del palenque soltase sobre el mundo su vestido. Cantó un gallo. Luego, como un eco de bronce, sonó la campana, y por último, como si el canto del gallo lo hubiese desencadenado todo, sonó un disparo.

Ukelé se aferró a las ramas del árbol. El monito, en la más alta, lo miraba de reojo. La luna llena los tocaba como si también ellos fuesen hojas. Un momento después se abrió el portón de la casa-grande y, uno tras otro, salieron Djinn, el capellán y dos hombres que Ukelé desconocía.

Uno de estos hombres, un viejo de pelo blanco y sombrero de paja, apuntó al suelo con su fusil, un arma mucho más grande que las que siempre había visto Ukelé y que brillaba como nácar, y disparó, disparó así, a diez centímetros del suelo. Luego, el otro desconocido, un hombre joven con idéntico sombrero de paja, se agachó, metió un palito en la tierra perforada y, riendo, lo dejó caer.

Un momento después salieron el capataz Soares, el capitán Pessoa y el abominable Musa. La visión del negro traidor enardeció a Ukelé, quien se agitó como una fiera enjaulada y recibió, esta vez en la nuca, un nuevo escupitajo del monito.

Musa, tirando de las riendas de dos caballos negros, sacaba de la casa-grande un lujoso carro con techo de cuero al que se había acoplado un carrito de carga con cuatro ruedas.

Durante un buen rato estuvieron todos hablando a la vez, como si no quisieran despedirse. Ukelé no entendía nada de lo que decían, excepto la mención de números, cifras, que se alzaban como puños, que sonaban como disparos, digresiones coronadas por la risa de un acuerdo.

Con un cambio de viento le llegó la voz de Pessoa. Pessoa sostenía uno de los viejos fusiles que Ukelé había visto en la nave. La pregunta debía haber sido "¿Eso es lo que usted llama un rifle?", puesto que la voz de Pessoa decía: "Sí. El único defecto que tiene es que tras haber apretado el gatillo no hay que perder de vista el blanco, pues tarda en dispararse uno o dos segundos..."

Finalmente, Djinn, Pessoa, Musa y los dos hombres de sombrero subieron al carro y, en absoluto silencio, partieron, acaso agobiados por los detalles de una transacción feliz.

A Ukelé le llamó la atención el hecho de que Pessoa y Musa subiesen al carrito de carga, en tanto que Djinn había ocupado un lugar junto a los hombres de sombrero. Pero, ¿dónde estaba Diedrick? El capataz Soares fue el último en entrar, y lo hizo después de juguetear a solas con uno de los nuevos rifles: apuntó en una dirección y en otra, clavó una rodilla en el suelo, volvió a apuntar, esta vez al frente, e imaginó un disparo que sacudió el caño hacia arriba como un resorte. Por último, asintiendo, giró veloz sobre los talones para toparse con Sabino, quien, no pudiendo contener la risa, buscaba simularla con un golpeteo exagerado del manojo de llaves, cosa que turbó aún más al modernamente armado capataz.

"Ahora bien...", pensó Ukelé, sorprendido, en portugués. La punta de la lengua se le encogió y dio un salto hacia el fondo de su boca como un animalito asustado.

Entrar a la casa-grande no representaba un problema: bastaba con escalar el muro. Pero si se demoraba pensando cómo salir no conseguiría siquiera bajar del árbol. El monito se había colgado de una rama con la cola y, balanceándose suavemente a un lado y a otro, lo miraba fijo, los ojos muy abiertos, los brazos cruzados sobre el pecho.

Una fortaleza del silencio era la casa-grande cuando Ukelé saltó el muro. Iba completamente desnudo, igual que una sombra. Había dejado en un arbusto la soga y el machete (cuando el monito, seguramente ladrón, no miraba) y lo que sigue, en efecto, fue a tal punto la obra de una sombra que ni siquiera los papagayos se alertaron.

Hacía varias horas que Sabino había cerrado las puertas. Los animales del corral de los esclavos dormían, la medianoche pasaba arrastrando a la luna sobre el patio. Ukelé entró a la casa seguido por el chirriar de una puerta que nadie oyó, excepto un ratón blanco que dio un salto extraordinario desde el piso hasta el techo sin tocar siquiera una vez la pared. Ukelé avanzó por el corredor principal.

Se movía con el sigilo de un gato, con el sigilo de la sombra de un gato, pero estaba a tal extremo tenso que hubiese bastado rozarlo con un dedo para hacerlo estallar.

Pasó junto a la habitación de las caseras y llegó a la cocina. El error lo sorprendió con tal violencia que sintió que había alguien allí, parado enfrente suyo. Había entrado por la puerta oeste y en el corredor principal había tomado el pasillo que lo atraviesa hacia la derecha en lugar de hacerlo hacia la izquierda. Estaba muy cerca de la galería. No era posible, era imposible que se hubiera equivocado. Sin embargo, allí estaba. Oyó el Ora pro nobis masticado de los papagayos, que ni en sueños dejaban de repetir, y volvió sobre sus pasos. Rozando la pared con la punta de las uñas atravesó media docena de habitaciones vacías. Soares debía roncar en el extremo norte de la casa. El señor Van Weerdem había dispuesto a su "familia", en la que es justo incluir las comillas de los arrimados, en habitaciones apartadas unas de otras, acaso para no desproteger ninguno de los flancos de la casa y para mantenerlos a todos suficientemente lejos de sus caseras. Al morir Van Weerdem, ese orden, esa distribución, se había respetado. Vistas desde arriba, como en un plano, las habitaciones ocupadas formaban una especie de cruz, con el leño transversal levemente inclinado hacia abajo, sobre la galería. El capellán dormía en el lado sur de la casa, al otro lado de la capilla, y era de quien más debía ahora cuidarse Ukelé, puesto que había oído en boca de las caseras que solía levantarse en medio de la noche para palmear en la espalda a los fantasmas inquietos.

La puerta de la habitación de Diedrick estaba entreabierta. En lugar de asomar primero la cabeza, Ukelé metió una mano, como si fuese a tomar de los pelos, en la oscuridad, a un dios que no convenía mirar. Y sintió que su cuerpo ya no latía cuando, por fin, al entrar, vio los ojos de Diedrick fijos en él.

Diedrick estaba sentado en la cama, con la espalda apoyada en la pared, la pipa en una mano, vacía o apagada, y la otra mano a un costado, con la palma hacia arriba y los dedos encogidos, apenas cerrados, como si le hubiesen arrebatado algo.

–U... lé... –dijo.

En sus labios explotaron dos globitos de saliva. La pipa cayó de entre sus dedos.

Ukelé se acercó y le puso una mano en la frente, que sintió fría un instante y al siguiente arder. Después le quitó el pelo de los hombros, larguísimo y más negro que nunca, y le cerró los párpados con un roce suave de los dedos. Diedrick empleó el último resto de energía en un intento por sonreír.

Ukelé tomó entonces sus llaves, alzó a Diedrick, cuyos huesos sonaron como cien tambores lejanos, lo cargó en los hombros y abandonó la casa-grande.

Una sola nube oscura y despedazada cubría el cielo. La luna, por entre esos jirones, proyectaba en el patio la piel de un tigre, sus dibujos, sus rayas, su movimiento.

Capítulo VII

A ntes de abrir los ojos, Diedrick quiso dar un paso y habló. Dijo algo acerca de la avaricia y la caridad, el murmullo último de un sueño; después supo que estaba atado a un árbol y, por fin, vio a Ukelé. ¿Había despertado?

Ukelé estaba en cuclillas. Sintió la mirada de Diedrick y se levantó. Dio un paso atrás, chasqueó la lengua, volvió a acuclillarse.

Era aún la tarde. Nubes oscuras y pesadas cerraban el cielo, agitándose sin dejar resquicio a la luz del sol, vivo y todavía quieto sobre ellas. Un pájaro, un único pájaro cantaba o protestaba en alguna parte y el resto era silencio, el mundo estaba en silencio, como si callase sólo para oírlo, dando la impresión de dos pensamientos que se sugieren al repelerse. Durante más de diez horas Ukelé había transportado a Diedrick sobre los hombros. Estaba agotado. Lo sentía *aún* sobre los hombros.

De pronto, las nubes se abrieron y por un segundo llegó la luz del sol. Al cerrarse nuevamente, Ukelé estaba en pie y se acercaba a Diedrick con paso firme, rápido y seguro, como si hubiese descansado durante días. Oyó su nombre en un susurro y sintió un soplo en la cara. A Diedrick le pesaban los párpados y era evidente que hacía un esfuerzo descomunal para mantenerlos alzados. Tenía las manos y los pies atados. Ukelé quitó la soga que lo sujetaba al tronco del árbol, lo cargó de nuevo sobre los hombros y reemprendió la marcha.

Al amanecer, habiendo llegado a un claro circular, del radio de un hombre acostado, en el centro de una fronda espesísima que se abría sobre el arroyo para alzarse nuevamente del otro lado, ató a Diedrick, metió la cabeza en el arroyo (lo asombró pensar que podía estar dándose muerte, pues advirtió con rabia que ya no tenía fuerzas ni para sacar la cabeza del agua) y al fin, luego de una aspiración lastimosa, cayó de espaldas, dormido.

Diedrick observó el pecho del negro desnudo inflarse y desinflarse. Lo llamó una y otra vez al tiempo que empujaba y se sacudía y hacía girar la cabeza, perforada por el sonido de su propia voz. Sentía que la sangre le circulaba por las venas lentamente, como una pasta espesa, y todo lo que abarcaba con la vista era igual de espeso y confuso. Los párpados le ardían, le dolían los dientes y el pelo. El aire se demoraba en sus pulmones, parecía licuarse, hervir, y a cada aspiración, como quien se ahoga, vio pasar, infinidad de veces a lo largo del día, no su vida, sino los incidentes olvidados de su vida. La falta de droga empezaba a torturarlo.

Pidió a gritos una pipa. Una y otra vez. Finalmente bebió el agua que Ukelé le ofrecía en las manos.

Ukelé volvió al arroyo, tomó entre las manos otro poco de agua y, con la punta de los dedos sobre los labios de Diedrick, la fue dejando caer. Después empuñó el machete y salió del claro.

Volvió con las manos vacías. No se había alejado mucho, apenas unos metros. Diedrick le pidió, le ordenó que lo soltase. Era lo primero que decía y lo repitió, pero Ukelé ni siquiera se dio vuelta a mirarlo. Buscaba raíces, hojas dulces. Juntó algunas y las dejó a los pies de Diedrick, después trepó a un árbol y bajó trayendo seis huevos amarillos salpicados de pintas verdes. Le dio cinco a Diedrick y él comió el otro. A Diedrick no le gustaron las raíces, las escupió al cabo de un mordisco y volvió a ordenarle que lo soltase.

Ukelé lo miró fijo y no dijo nada. Ni siquiera movió la cabeza. Comió las raíces que Diedrick no había aceptado y fue a acuclillarse a la orilla del arroyo, un palo de punta aguda listo entre las manos sobre el agua como una lanza.

Los días de la primera semana Diedrick no hizo sino implorar a Ukelé que lo soltase o se apresurase en matarlo. La abstinencia se hacía insoportable. Pero Ukelé se limitaba a darle agua, huevos y raíces (que ahora comía) en la boca, como a un niño, empujando hacia el interior con un dedo lo que se derramaba por el mentón.

El quinto día tuvo convulsiones y vomitó un líquido verde y grumoso que él mismo se sacudió de encima con un temblor involuntario. El sexto día perdió por completo la voz.

Ukelé sabía que los gritos de Diedrick no podían ser escuchados y que no lo buscaban, pues en la casa-grande debían pensar que se trataba de una de las tantas salidas en busca de sus flores. Diedrick permanecía a veces hasta diez días fuera de la casa-grande. A partir del décimo día, Ukelé podía empezar a preocuparse, aunque probablemente el capellán y el capataz no llamasen nunca al Lisiadito, libres de un enfermo que desde un buen tiempo a esta parte ya no gobernaba y ahora que estaban ellos en poder de un heredero idiota.

Ukelé consiguió al fin ensartar un pez y lo blandió frente a los ojos de Diedrick. Era un pez dorado, de grandes escamas con dibujos multicolores, como alas de mariposa. Le quitó las escamas, lo abrió al medio, lo limpió y lo cortó en pequeños trocitos que lavó en el arroyo antes de ofrecérselo a Diedrick. Él comió dos trocitos de la cola y Diedrick el resto. La dieta de los días anteriores, limitada a huevos de pájaro, raíces, hojas y agua, amén de los gritos ahora insonoros de Diedrick (que restaban energía a los dos por igual), los habían debilitado a tal punto que parecían cadáveres escapados a la pesadilla de un esclavo moribundo. La carne de pescado los reanimó. Luego Ukelé fue hasta el arroyo, llenó con agua el cuenco de las manos y, así como había hecho seis o más veces al día desde la noche del rapto, le dio de beber hasta que Diedrick, satisfecho, torció los labios y con el susurro de la única voz que le quedaba volvió a pedirle que lo soltase o lo matase.

Desde el tercer día Diedrick tuvo pesadillas y despertó gritando. Continuamente empapado en un sudor pesado, como un agua coagulada, veía ahora, despierto, lo que soñaba, y luego, en una suerte de continua espiral, soñaba lo que había visto. Ukelé, acuclillado a dos metros, lo veía agitarse y aullar sin voz y se movía a un lado y a otro sobre los talones como un mono, el ceño fruncido, la vista fija en los ojos ahora amarillos y sin pupilas de Diedrick. También él se agitaba. A veces daba un salto sobre Diedrick para oír lo que decía:

–¡Suéltame! ¡Alcánzame la pipa, te lo ordeno...! Un edificio de diamante y oro... ¡Ukelé, cúpulas de alabastro... agujas de plata...! ¡Un cocodrilo... sáquenlo de aquí...! ¡Oh, el cenit, el cenit! ¡Jan! ¡Jan! ¡Jan!

Otras veces, luego de haber hecho una decena de viajes desde el arroyo, con agua entre las manos, para lavarlo, porque el calor era agobiante y el sudor lo cubría como un velo y porque el agua fresca parecía aliviarlo momentáneamente del ardor de las alucinaciones, Ukelé alcanzaba a oír:

–Negro infeliz, voy a llenarte el culo de piedras hasta que revientes...

Ukelé permanecía inmutable. Le había quitado la ropa, para que las heces y la orina cayesen libremente, y humedecía jirones de su camisa y se los aplicaba en la frente, en los labios y en el cuello. Le masajeaba la nuca, las piernas, los brazos. Lo apantallaba, espantaba los insectos de su cara y le ponía barro en las picaduras que no había podido evitar.

Los días pasaban; en muchos metros a la redonda (aunque Ukelé no se alejaba demasiado por temor de que alguna fiera atacase a Diedrick) no quedaba ya un solo nido que Ukelé no hubiese saqueado. Los hombres eran poco menos que espectros. De los peces que atrapaba, Ukelé apenas si probaba bocado: era todo para Diedrick. Diedrick comía y en el acto vomitaba. Veía abismos que se abrían a sus pies, abismos infinitos, dentados, con miríadas de estrellas en los bordes. Raros hombrecitos rosados, de menos de medio metro de altura, lo observaban desde la espesura y de vez en cuando uno de ellos se le echaba encima y le mordía los tobillos o le hundía una aguja de mimbre en los testículos, que luego arrancaba con un tirón preciso de la aguja, como si hubiese ensartado un par de uvas, y se los comía o los arrojaba a las boquitas abiertas que aguardaban en la espesura.

Los testículos crecían al cabo de unos minutos, aunque provocándole un dolor espantoso, y entonces otro de los hombrecitos repetía la operación. Despertaba y los hombrecitos seguían allí. Se dormía y nada cambiaba.

En medio de la noche la selva crecía sobre él como una mano dispuesta a ahorcarlo. Le faltaba el aire. Las estrellas se sacudían a un lado y a otro, como lámparas colgantes en un temblor de tierra, y la superficie del agua se endurecía, se solidificaba, salía de su cauce, reptaba como una gigantesca serpiente de lomo plateado hacia los hombrecitos dormidos, los engullía, los trituraba en su estómago y por último se los escupía a la cara, uno tras otro, como semillas de un fruto infernal, reducidos cada uno a un amasijo de piel con la forma de una lágrima rosada. En el cauce vacío, un centenar de peces saltaba por el barro con piececitos humanos, arremangadas la piel y las escamas igual que si se tratase de vestidos de seda o liencillo adornados con lentejuelas.

Una tarde, Ukelé, con la última fuerza de su brazo, cazó una especie de gato sin cola, de pelaje erizado, que los dos hombres devoraron pronto, mal cuereado, no muy bien lavado y, por supuesto, crudo. Por la noche limpiaron los huesos, arañándolos con los dientes. Ukelé sostenía una de las costillas del animal sobre la boca de Diedrick y la apartaba esperando a que Diedrick terminase de masticar y de tragar y luego la acercaba, haciéndola girar a fin de facilitarle las partes aún encarnadas. Luego, usando un palito a modo de escarbadientes, quiso limpiarlo (pues a ese extremo llegaban los cuidados de Ukelé), pero Diedrick se sacudió furioso y, con voz cavernosa, como si las cuerdas vocales hubiesen dado un salto desde la estrangulación, lo insultó con un rosario de palabras holandesas. En la acentuación estaba la autoridad del capataz Soares; en el timbre, el paganismo del capellán. Ukelé retrocedió y se acuclilló a dos metros, apoyando casi la espalda en la espesura.

La carne del gato erizado dio un vuelco a las visiones y alucinaciones de Diedrick. Ahora no había abismo a sus pies sino encima suyo, un hueco, un túnel del ancho exacto de su cuerpo por el que el universo amenazaba succionarlo.

La noción de universo lo envolvió en el terror de su maravilla como tiempo atrás a los guerreros la dentadura de oro del capitán Pessoa. El conjunto de las cosas existentes así entrevistas, en un relámpago abstracto, como la silueta de un hombre, de un animal o de una planta recortada por una súbita iluminación del aire, lo aplastó: perdió el sentido y su cabeza cayó como una piedra sobre su pecho.

Ukelé dio un salto. Latía. Le aplicó nuevas compresas en la frente y alrededor del cuello y, trayendo agua en la boca, abrió la boca de Diedrick y escupió hacia el fondo de su garganta reseca.

Luego trajo más agua en las manos y le mojó la nuca y el cuello. Diedrick gruñó y, de pronto, abrió muy grandes los ojos para soltar un alarido agudísimo que no interrumpió hasta quedarse sin aire. Tomó una bocanada y adelantó la cabeza, con los ojos achinados, como si prestase atención a alguna cosa que sucedía enfrente suyo. Permaneció así hasta la caída del sol.

Cuánto tiempo estuvieron los dos hombres en ese encierro de la selva, pareciéndose cada vez más el uno al otro, emblanquecido Ukelé, ennegrecido Diedrick, desnudos, agotados, con los huesos saliendo más y más cada hora, es algo que a ninguno importaba, en lo que ninguno reparaba. ¿Qué importancia podía tener el tiempo? Ukelé cuidaba a Diedrick con el celo de una fiera. El tiempo de un día era para él un instante, y un instante contenía en sí los padecimientos y las urgencias y los terrores de la vida de un hombre, o de una fiera: no había ni día ni noche ni frío o calor ni lluvia o sol sino episodios del espacio entre los que uno vivía o moría, vivía y moría.

Diedrick padecía la lucidez tanto como el delirio; esos momentos de lucidez eran pocos y brevísimos, y en ellos se contemplaba a sí mismo como a un esclavo de su esclavo, y el orgullo, el ultraje, la humillación, lo atenaceaban hasta las lágrimas y lo empujaban de regreso a sus delirios como a un insecto que se toma con pinzas para transportarlo de un recipiente a otro.

Pero aún no había llegado lo peor. De los hombrecitos enanos y rosados y de la noción de universo cayó en una fragmentación caleidoscópica de materiales ofrecidos que casi logra atiborrarlo y fulminarlo por la memoria, la vista, el olfato y la combinación de los tiempos: una vulgaridad. Así, en un vértigo de siglos, vio en un segundo un tiburón blanco en el arroyo, un incendio en las alas de un insecto dentado, un remolino de sangre en el cielo y barcos de acero azul hundiéndose en él; una procesión de vestidos animados, de ropas de esclavos y señores, que atravesaban un campo quemado dejando a su paso orines y heces que perforaban la tierra, que la iban cortando como un cuchillo a una hoja de papel; sintió que los órganos de su cuerpo estaban sueltos, desprendidos y que intercambiaban sus lugares y sus funciones. Durante varios días sintió que orinaba por las orejas, que respiraba por el ano, que defecaba por la boca. Retorciéndose como un trapo mojado en las manos de una esclava hacendosa, extrañas palabras sonaban en sus labios, como quien enseña a otros los grabados de un loco:

–Quepis... Sagú... Talio... Sulky... Zoom... Vihuela... Buche... Antro... Radar... Sofá...

Después, sin pausa, durante dos largos días, repitió la palabra "sofá".

Y una mañana, al fin, dijo con voz clara:

–¿Ukelé?

Ukelé estaba a orillas del arroyo, limpiando un pez flaco y bigotudo que había ensartado un momento antes. Oyó su nombre y se dio vuelta. Diedrick sonreía y lo llamaba; tenía una erección. Las ojeras debajo de los ojos, el pelo revuelto, las costras de viejos vómitos, la delgadez, los dientes grises, le daban un aspecto temible.

Ukelé miró la erección y pensó: "Está curado."

Se acercó lentamente y, sin decir palabra, lo soltó, desatándolo con cuidado. La soga había dejado en las muñecas de Diedrick profundas llagas violáceas, así como en los tobillos y el vientre.

Ukelé dio un paso atrás.

Entonces Diedrick se abalanzó sobre su esclavo, lo palmeó en los hombros y exclamó:

–Ahora entiendo... Ukelé. ¡Entiendo! giró sobre los talones y alzó la cara al cielo. ¡Soy Diedrick! ¡Miren esto, miren, ah, uy, fiúúú! –hizo, juntando los labios.

No había visto nada en particular. Era *todo*. El color de unas florecitas diminutas rojas y blancas, el olor de las hojas, el rumor del agua, los destellos transparentes en los bordes de las cosas, de cada cosa, el grito del viento a lo lejos; dio tres o cuatro pasos larguísimos, elásticos, y metió un pie en el agua. Todo el cuerpo se le erizó. Metió

el otro pie y se puso a reír como un loco. Luego se sumergió hasta el cuello y, sin dejar de reír, cantó, entonando con una torpeza que parecía divertirlo aún más, una de las canciones del trabajo que tantas veces había escuchado a los esclavos en el ingenio.

> *Toca fógo na canna...*
> *¡No cannaviá!*
> *Quero vé laborá...*
> *¡No cannaviá!*

Tuvo frío y tuvo calor y sacudió alegremente la cabeza, diciendo que nada de eso le importaba. Salió del arroyo y se llevó a la boca un pétalo algodonoso y lo masticó haciendo ademanes propios de quien prueba un manjar. Después se quedó quieto y oyó por un instante los ruidos de la selva. Música, música. En su cuerpo había menos vigor que en la carcajada con la que giró, agradecido, hacia Ukelé. Entonces lo vio. Le pareció que nunca antes lo había visto. Su rostro se puso del color de la ceniza. Alzó un brazo y lo señaló con un dedo:

–¡Era eso! –murmuró–. ¡Claro que entiendo! –gritó–. ¡Vamos, cochino, esclavo infeliz! ¡Adelante!

Ukelé estaba a un paso de Diedrick. Aferraba el machete en la mano derecha. "Está muerto", le había dicho su rey. "Está muerto y debes revivirlo para vengarte. Así será."

Dio un paso y le cortó la cabeza.

Un mono se descolgó de uno de los árboles sobre el arroyo, tomó por los pelos la cabeza de Diedrick y, con un salto silencioso, se perdió de nuevo en la espesura, de la que pronto llegaron decenas de chillidos de pelea.

Ukelé no se dio vuelta a mirar.

Apéndice

El hierro caliente que imprimía en el cuerpo la inicial del primer comprador marcaba también el ingreso de los esclavos a un mundo que los necesitaba sin memoria, sin identidad. Un bautismo rápido, antes o después de cruzar el mar, les otorgaba un nombre cristiano. De ahí en adelante, sólo el olvido o la íntima soledad resguardarían aquel otro nombre propio que los situaba en un linaje y prolongaba mensajes desde los antepasados.

Para asegurar su sometimiento, los africanos fueron obligados a acallar las lenguas que nombraban su historia, sus sentimientos y pensamientos. Les fue prohibido invocar a los dioses que los acompañaban desde siempre y tocar esos tambores cuyas voces preservaban la memoria profunda de sus pueblos. A cambio, una lengua nueva y un nuevo dios prometían salvación y acceso a la civilización de los europeos.

Arrancados de sociedades organizadas donde cada uno tenía su función y su lugar, la nueva civilización los igualó con una identidad desconocida: supieron que eran negros y aprendieron a valorar el desprecio de esa apelación. Los atributos que otorgaban identidad se convirtieron en signos para la compra y la venta. La edad, la condición física, las habilidades y sabidurías tenían precios y el origen étnico servía, según los mercaderes, para señalar virtudes y defectos en su calidad de esclavos. Los llamados "piezas de Indias" eran clasificados en documentos comerciales de este modo: "los congo, duros a la fatiga, son los mejores de nuestras colonias; los ashanti no son propensos al trabajo de la tierra, pero son excelentes en el trabajo doméstico; los arara (ewe), fuertes, acostumbrados a las grandes fatigas, aceptan de buena gana la esclavitud; los ibos son propensos al suicidio al menor castigo", y así sucesivamente.

Entre los deportados había campesinos que conocían los secretos de los suelos y las formas de trabajar en armonía con la naturaleza. Sabían construir diques y canales, controlar y administrar las aguas. Los pastores y ganaderos dominaban las rutas de los pastos, las aguas y la sal para criar y cuidar sus rebaños; dominaban la fabricación de sus productos y las técnicas del intercambio y del comercio. Pescadores de aguas dulces o saladas, la variedad de sus técnicas les había permitido criar algunas especies en sitios apropiados. Como cazadores y recolectores tenían conocimientos que les permitieron idear instrumentos para cazar todo tipo de animales y organizar su reproducción para asegurar el alimento y la materia de intercambio.

Había también hombres que provenían de ciudades donde el comercio de corta o larga distancia demandaba productos artesanales o industriales: herreros, tejedores de fibras vegetales y animales, carpinteros, artesanos del cuero, ceramistas, fabricantes de cestas. Otros más eran artistas: orfebres, pintores, escultores, músicos. Algunos habían sido preparados en religión y filosofía, en medicina y arquitectura, en historia e ingeniería, en estrategias de guerra y liderazgo político. No pocos príncipes, nobles, jefes de aldea o letrados musulmanes llegaron a América como esclavos.

Al llegar al nuevo continente algunos se convirtieron en jefes de importantes rebeliones, otros por su preparación trabajaron en la administración de haciendas. En Brasil se conserva memoria de esclavos que fueron los primeros alfabetizadores en la sociedad colonial. Llegaron también hombres con rica experiencia en el comercio, quienes al margen de sus obligaciones pudieron juntar las sumas necesarias para pagar su libertad y hubo quienes lograron lugar como empresarios en las sociedades americanas.

De dónde venían

Cuando en el siglo XV los portugueses iniciaron sus relaciones de comercio y exploración en África se encontraron, para su sorpresa, con gente que pertenecía a distintas culturas de cuyos avances no tenían noticias. En efecto había claras señales de los imperios que en Africa occidental habían dominado rutas comerciales a sitios tan lejanos como Europa, India, Egipto y Marruecos desde Mali. Llevaban productos como oro, marfil, sal, pieles y volvían con telas de seda de Siria, especias de España, cristales de Venecia. En ciudades populosas y ricas como Timbuctú y Yenré se encontraban los mercaderes que llegaban desde distintos lugares de África, Europa o Medio Oriente. Muchos viajeros admiraron la belleza artística y la cultura que allí florecían.

En esas sociedades se conocía la esclavitud como forma de subordinación colectiva y se practicaba la venta de esclavos que en general eran cautivos de guerra. Pero a diferencia de la usanza occidental, los prisioneros eran tratados como parte de los grupos sociales; podían tener propiedades y familia y se incorporaban al trabajo del campo o de las ciudades. También había poblaciones que ignoraban totalmente la esclavitud e imaginaban que el interés de los europeos en comprar hombres era la antropofagia.

Los europeos aprovecharon los conocimientos de navegación costera y de alta mar de los africanos para poder hacer sus largos y numerosos viajes de exploración del océano Atlántico y del Índico. Cristóbal Colón acompañaba a Bartolomé Díaz cuando descubrió el Cabo de Buena Esperanza. Sin esas experiencias recogidas en África, atravesar después el Atlántico habría resultado una empresa de mucha mayor dificultad para españoles y portugueses.

El golfo de Guinea fue otra zona proveedora de hombres para esclavizar. En las costas que los europeos llamaron de Marfil, de Oro de los Esclavos, había países con gran desarrollo económico y cultural. Sus ciudades se comunicaban con caminos bien mantenidos que recorrían caravanas con productos de interés para los europeos.

La necesidad de producir azúcar de caña está en el origen del tráfico de esclavos africanos que hicieron los portugueses antes de los primeros viajes a América. Se trataba de reemplazar la mano de obra rusa que servía en las plantaciones de caña en Chipre, propiedad de genoveses, venecianos y catalanes.

Utilizada como "droga alimenticia" y medicina entre las clases altas europeas, el azúcar fue objeto de demanda cada vez mayor en el siglo XII. En el siglo XV era considerada como un negocio importante de italianos y alemanes en Creta y Sicilia, con base en mano de obra integrada por cautivos musulmanes y cristianos. En esa misma época el cultivo de la caña se extendió a las islas Madeira y Canarias y al sur de España que contaban ya con esclavos africanos. Por eso los primeros viajes, las primeras exploraciones portuguesas por África agregan hombres a sus mercancías para venderlos en Lisboa y Sevilla.

En su segundo viaje a América, Colón trajo, entre muchos productos, esquejes de caña y africanos. La producción de azúcar parecía ser ya un proyecto económico para las Antillas.

La trata de africanos creció vertiginosamente en el siglo XVI en manos de los portugueses. Pero en el siglo

XVII los holandeses los desplazaron apoderándose de las más grandes factorías de esclavos (Gorea, Elmina, Luanda, Santo Tomé) y monopolizando la costa norte de Brasil. Al mismo tiempo, en África occidental, holandeses y daneses disputan territorios con traficantes de origen inglés y francés. Finalmente todos logran establecer factorías para realizar el lucrativo negocio en los mercados de América y las islas Antillas, que soportan la dominación de franceses, ingleses, holandeses, daneses y españoles.

Gobernantes, mercaderes, sacerdotes, nobles y burgueses europeos se involucraron por igual en el comercio de hombres. Pero como esta práctica ponía en contradicción los valores cristianos de la cultura europea, ésta buscó legitimar su propuesta ocultando su conocimiento de África y sus antiguas relaciones con los africanos. Es entonces cuando africano se convierte en sinónimo de esclavo. La nueva racionalidad construyó un continente "oscuro", habitado por salvajes a quienes se debía redimir y civilizar. Así se afirmó al mismo tiempo la superioridad y el derecho de los blancos para imponer, por necesidad, regímenes de inaudita crueldad.

En ese momento se desencadenó la deportación más grande que la humanidad recuerde: en 400 años llegaron a América 15 de los 22 millones de hombres y mujeres africanos que se vendieron en todos los mercados del mundo. Pero no debe olvidarse que por cada esclavo llegado a América, por lo menos cinco vidas habían sido truncadas entre la cacería y el traslado. De modo que los pueblos de África perdieron cerca de 100 millones de personas en las edades óptimas para ofrecer lo mejor de sus capacidades.

Como consecuencia de este comercio África sufrió enormes transformaciones. Se multiplicaron las guerras para tomar cautivos, se esclavizaron linajes y familias enteras, acusados de deudas y crímenes. La inseguridad provocó desórdenes sociales, migraciones y huidas hacia el interior del continente y destruyó en muchos casos sociedades y Estados consolidados. Nuevos reinos dedicados a vender hombres por armas y otras mercancías aparecieron en las costas.

Los gobiernos africanos reaccionaron ante Europa de diversas maneras: protestas ante el rey de Portugal y ante la Santa Sede; ataques armados de estados musulmanes para defender a sus súbditos de la esclavización y todo tipo de violencia contra los intermediarios africanos dedicados a la trata de esclavos.

En muchos casos los europeos se vieron obligados a abandonar algunas costas. A medida que llegaban las noticias sobre la vida en las plantaciones, los ingenios y las minas de América, la resistencia se generalizaba en África. Se sabía del terror por el látigo y la tortura como método para organizar la producción; se sabía del agotamiento y de las muertes por enfermedades o epidemias. Se adivinaba la respuesta que encontraron muchos: la única esperanza de regreso era liberar el alma con el suicidio.

La vida en América

Los hombres que llegaban a América habían hecho un larguísimo camino desde los lugares donde habían sido cazados, aprisionados o comprados por europeos y africanos. Caminando encadenados por días y días, habían llegado a los barracones de la costa con sus mujeres y sus niños. Allí tal vez esperaron la llegada del navío negrero. Habían visto a algunos rebelarse y huir, y quién sabe a cuántos echarse al mar, antes de verse empujados a las galeras del barco. Luego habían pasado dos o tres meses hacinados y encadenados en las bodegas oscuras y sucias de los navíos, construidos especialmente para almacenar la mayor cantidad de gente en el menor espacio posible.

En los mercados americanos de La Habana, Bahía, Cartagena, Veracruz, Nueva Orleans y otros se les había vendido, separándolos antes de sus hijos, sus parientes y conocidos para enviarlos a los lugares de trabajo. Unos llegarían a las minas, otros a las plantaciones de caña, de algodón, de café, de tabaco, o a los obrajes, ingenios, secaderos y destilerías. Otros irían a hacer trabajos domésticos, en el campo o las ciudades, o engrosarían los grupos para los grandes trabajos públicos de construcción de edificios, caminos, diques, acueductos.

En las plantaciones el día de trabajo comenzaba antes del amanecer, al mediodía los esclavos tenían dos horas para preparar el alimento y comer. Luego se reiniciaba la jornada hasta la noche. Después de esa hora solían ir a trabajar sus propias huertas, lo que les permitía mejorar su ración cotidiana con verduras y algunas frutas. Trabajar en los ingenios era agotador y peligroso; había que colocar la caña entre los cilindros que la trituraban y luego el jugo en las calderas, cuyo fuego había que mantener permanentemente. Al final de la jornada había que buscar hierba para los animales que accionaban el molino.

Las mujeres trabajaban en las plantaciones al lado de los hombres y los niños mayores de doce años eran integrados a esas faenas. Antes habían estado al cuidado de nodrizas o de niños mayores.

En los primeros tiempos de la esclavitud, vivían en cabañas agrupadas en distintas zonas de la plantación. Hacia el siglo XVIII, cuando aumentaron los precios de los esclavos y las huidas, las condiciones de vivienda cambiaron. Se agruparon todos en grandes galerones, donde el espacio para cada persona era mínimo Estos oscuros recintos, sin ventanas, sucios y poblados de pulgas y alimañas, eran cerrados con candado por la noche.

Esta vida tenía interrupciones los domingos en que la gente se reunía para tocar música, cantar y bailar. A veces podían beber alcohol, de todos modos preparaban comidas para intercambiar. Tenían en muchos casos permiso para celebrar los carnavales, momento que aprovechaban para expresar protestas por su situación, ironizar a los amos, reconocerse en formas comunes de cultura, trasmitirse noticias y mensajes importantes para la vida cotidiana y futura, celebrar ritos religiosos y organizarse en grupos de ayuda.

En general los esclavos criaban y educaban a los hijos de los amos. Esos niños recibían, junto con cantos, palabras y valores, trazos de culturas africanas que tan extendidas están en América. Esos esclavos también eran respetados por sus conocimientos de medicina y técnicas para aclimatar las plantas africanas. A pesar de la cercanía en la vida cotidiana, se establecía una relación dominada por el recelo en los amos y el odio en los esclavos. El temor a ser vendido y separado de los suyos era constante, pues ellos sabían que sus vidas pertenecían a otros. Casados o no podían ser revendidos, los hijos eran siempre separados de los padres para ser enviados a otros lugares. Se trataba de destruir las familias. Aun así los esclavos domésticos eran privilegiados a los ojos de los otros y merecían su desconfianza. La vida cotidiana en las cabañas era dura por el trabajo y terrible por los castigos para asegurar la producción. A pesar de las leyes dictadas por los reyes de España en que se prohibía el maltrato, los esclavos recibían azotes hasta abrir heridas que eran rociadas con sal y vinagre, se les mutilaba cuando el delito era considerado grave, cortando orejas y manos, se les torturaba en los cepos (maderas para fijar pies o manos y mantener inmóviles a los prisioneros) o se les encadenaba por días enteros. Para castigar la huida se les ahorcaba y luego se exponían sus cabezas cortadas para ejemplo y escarnio.

Las rebeliones

En América, lejos de aceptar sus condiciones, los esclavos se rebelaron desde el comienzo. La primera sublevación registrada data de 1522 en el ingenio azucarero de Diego

Colón en La Española. Después de cobrar vidas españolas y liberar a algunos indios que compartían su condición de esclavos, los africanos fueron derrotados. El hijo del Almirante ordenó ahorcar a los sobrevivientes.

En Puerto Rico, en Santa Marta de Colombia, en Panamá, Honduras, Venezuela y México también hubo levantamientos durante ese primer siglo de colonización. En los siglos siguientes las revueltas crecieron como fenómenos colectivos que aprovecharon las capacidades africanas para organizarse como sociedades libres. Éstas se llamaron palenques, quilombos, cumbés.

La revuelta dirigida por el príncipe nigeriano Yanga, en el Monte Orizaba de México, triunfó sobre los españoles combinando la sabiduría militar bantú con la organización cívica de África occidental. El palenque fundado por estos cimarrones logró en pocos años el reconocimiento del rey de España. Muchos otros "Estados" de esclavos rebeldes, como éste, se organizaron en América. Es famoso el de San Basilio en Colombia, cuyo líder Bioho al frente de los cimarrones venció en numerosos encuentros a las tropas del gobernador. En 1620, luego de 20 años de guerra la Corona española aceptó su existencia. Asegurado el triunfo, abandonaron las ciénegas para instalarse en la selva.

Esos rebeldes construyeron casas, cultivaron, criaron ganado y conformaron una sociedad donde se desarrolló una lengua criolla, una cultura y una identidad aún hoy reconocibles en el país.

Otro importante enclave de cimarrones fue Palmares, una federación de quilombos del norte de Brasil considerada la primera república libre de América. Treinta mil personas, indígenas, europeas y una mayoría de africanos formaron ese estado. Como en otras comunidades de cimarrones, sus gobernantes eran elegidos. Zumbi fue el último de sus reyes. Palmares sostuvo 27 guerras contra la agresión de portugueses, holandeses y las fuerzas coloniales brasileñas por más de 100 años, desde 1594 a 1696, fecha en que fueron derrotados.

Uno de los grandes levantamientos triunfantes fue el de 1791 en Santo Domingo que, capitaneado por Toussaint Louverture y Dessales, proclamó la independencia de la isla en 1804.

Las rebeliones que se producen en tiempos de tensión social y crisis económica se cuentan por centenas en los cuatro siglos de historia colonial. Individualmente o en grupo, los esclavos que eligen la libertad multiplican la experiencia de pueblos que sobrevivieron aislándose, luchando desde montes y selvas. Inaccesibles por necesidad de defensa, esos asentamientos requirieron de una dura disciplina de trabajo para lograr la subsistencia. En variables condiciones se resolvió el cultivo de la tierra, la crianza de animales, la producción de miel y cera. El robo y el pillaje complementaron, cuando fue necesario, estas magras economías. En ocasiones la agricultura pudo potenciarse sintetizando la tradición africana de combinar cultivos con la experiencia adquirida en los campos de América. Hubo, sin embargo, casos excepcionales de palenques que tuvieron ingenios, vegas y secaderos de tabaco. Con los pueblos indígenas, que a menudo recogieron a algunos cimarrones, se intercambiaba protección y productos.

Distribuir los productos era la finalidad de una organización rigurosa, así como proteger la naciente sociedad era el deber de guerrilleros disciplinados. Esa vida difícil de los palenques constituyó el ideal de heroísmo y virtud para muchos jóvenes esclavos que esperaban recuperar la dignidad. Las hazañas de sus jefes se repetían en todos los círculos y la gente de los palenques adquiría conciencia de superioridad frente a los trabajadores de plantación.

Sin embargo, la presencia de los africanos y sus descendientes en las sociedades coloniales de América no estuvo exclusivamente signada por la condición de esclavo o cimarrón. Su presencia fue posible también desde la condición de hombres libres que habían comprado su libertad, la habían obtenido por testamento de su amo, o contaban con ella por herencia. Conformaron un número importante de comerciantes, empresarios, escribientes, administradores, artesanos que ocuparon distintas posiciones en el espacio social de la Colonia. En muchos casos tuvieron activa participación en las luchas políticas y no pocos de ellos disponían de la información de acontecimientos internacionales que les permitió actuar con oportunidad en el momento crítico de la abolición de la esclavitud y en el inicio de la independencia.

Entre un tercio y la mitad de los habitantes citadinos eran, por entonces, de origen africano. En algunos países como Cuba, Colombia, Venezuela, Brasil, Haití Jamaica constituyeron la inmensa mayoría, y hay que admitir que las historias oficiales, nutridas en la razón de Europa, lograron extender su silencio sobre esta población durante varios siglos. Así quedó oculta su importancia en la formación de las sociedades independientes de América Latina.

Hace apenas unos 50 años que ha empezado a crecer el interés por conocer la trayectoria de los africanos hasta América, el vigor de su presencia, los aportes de sus culturas y sus capacidades para adoptar, adaptar y ofrecer a las sociedades en construcción su creatividad y la experiencia de su permanente y decidida acción libertadora.

Sus memorias no fueron canceladas. Su conocimiento de la naturaleza, sus prácticas sociales, las formas de su expresividad, la fuerza de su religión no sólo se conservaron por siglos sino que fueron penetrando las culturas que confluyeron en el continente americano hasta hacerse parte de nuestras raíces. En el dinamismo creador del mestizaje nacieron las lenguas criollas de las

Antillas y el continente. La riqueza lingüística aportada al español, al portugués y al inglés da cuenta de esa permanencia en culturas que son, en la expresión de Carlos Fuentes, indoafroiberoamericanas.

CELMA AGÜERO DONA

Índice

Son del Africa de Sergio Bizzio, de la colección
Travesías, se terminó de imprimir en los talleres de
Impresora y Encuadernadora Progreso, S.A. de C.V. (IEPSA),
Calzada San Lorenzo núm. 244; 09830, México, D. F.
durante el mes de junio de 2002.
Tiraje: 5000 ejemplares.